KB252134

국어과 선생님이 뽑은

온고지신 읽기 · 논술문학 읽기
논술고사 수능대비 청소년필독서

에게 드립니다

국어과 선생님이 뽑은

이인직

혈의 누·은세계

북·앤·북

북앤북 논술 문학읽기 0 9

국어과 선생님이 뽑은 이인직 혈의 누 · 은세계

초판 1쇄 | 2011년 3월 5일 발행
　　3쇄 | 2011년 7월 20일 발행

지은이 | 이인직
엮은이 | dskimp2004@yahoo.co.kr
편집교정 | 이정민
디자인 | 인지숙
일러스트 | 이혜인
펴낸이 | 이경자
펴낸곳 | 북앤북

주소 | 서울 마포구 망원1동 385-1 함성월드빌 502호
전화 | 02-336-9948
팩시밀리 | 02-337-4315
등록 | 제 313-2008-000016호

ISBN 978-89-89994-30-5 43810
잘못된 책은 구입하신 서점에서 바꾸어 드립니다.

※ 작품의 효과를 고려하여 원문과 방언을 살리되
　의미 전달을 위해 현대 표기법을 참고하였습니다.
　띄어쓰기는 개정된 한글맞춤법을 따랐습니다.

국어과 선생님이 뽑은 **이인직**

혈의 누 · 은세계

혈의 누 · 은세계

"달아, 물어보자. 너는 널리 보리로다.

낭군이 소식 없고 옥련은 간곳없다.

이 몸이 혼자 살면 일평생 근심이요,

이 몸이 죽었으면 이 근심 모르리라.

십오 년 부부 정과 일곱 해 모녀 정이 어느 때 있었던지

지금은 꿈같도다. 꿈같은 이내 평생 오늘날뿐이로다.

푸르고 깊은 물은 갈 길이 저기로다."

— 『혈의 누』 중에서 —

혈의 누

血의 淚

이인직 (李人稙 1862~1916)

이인직은 1862년에 경기도 이천에서 태어났으며 그의 호는 국초이다.

그는 우리 나라에서 처음으로 산문성 짙은 언문일치의 문장으로 신소설을 개축한 소설가 겸 언론인이었다. 1900년 대한제국 정부의 관비 유학생으로 선발되어 도쿄정치학교 청강생으로 공부하고, 1904년 러일 전쟁이 일어나자 일본 육군성 조선어 통역관으로 임명되었다.

1906년에 만세보 주필이 되면서 신소설 〈혈의 누〉를 《동지》에 연재, 계속 많은 작품을 썼다. 1908년에는 극장 원각사(圓覺社)를 세워 자작 신소설 〈은세계〉를 상연하는 등 신극운동을 벌이기도 하였다.

1910년 이완용의 심복으로서 통감부 외사국장 고마쓰(小松綠)와 비밀리에 만나 한일합병이 체결되는 매개 역할을 했다. 선릉참봉(宣陵參奉), 중추원부찬의 등을 지내고 이완용의 비서로서 그의 정치 노선에 동조하고 친일 행동을 하였다. 국권 피탈 후에는 경학원사성(經學院司成)을 지냈다. 1916년 신경통으로 조선총독부 의원에서 사망.

친일 행적에도 불구하고 개화기 근대소설 작가로서 그의 문학사적 공적은 높은 평가를 받고 있다. 구소설과 근대소설로 이어지는 소설의 전통적 연결을 시도, 확립했으며, 문장에서 입말체와 묘사체 시도의 효시를 보였다. 또한 객관 묘사와 심리 묘사에서 뛰어난 기량을 발휘했다. 〈혈의 누〉 외에 그의 대표작으로 알려진 〈귀의 성〉, 그 밖에 〈치악산〉, 〈모란봉〉 등이 있고 단편으로 〈빈선랑의 일미인〉이 있다.

작품 정리

〈혈의 누〉는 1906년 7월부터 10월까지 만세보에 연재된 이인직의 첫 번째 장편 소설로 우리 문학 사상 최초의 신소설로 평가된다. 〈혈의 누〉 하편은 옥련 어머니의 미국 방문기가 중심 내용으로 1907년 5월부터 6월까지 11회에 걸쳐 제국신문에 연재되었으며, 옥련의 귀국 이야기가 중심을 이루고 있는 〈모란봉〉은 1913년 2월부터 6월까지 매일신보에 연재되었다.

이 작품은 청일 전쟁을 배경으로 십 년 동안의 세월 속에서 한국·일본·미국을 무대로 옥련 일가의 기구한 운명에 얽힌 개화기의 시대상을 그리고 있다. 이 작품이 발표되면서 한국 소설은 형식 및 내용에 있어서 이전의 소설과 구별되며, 근대소설을 향해 한걸음 앞으로 다가서게 된다. 물론 구소설적 문제를 완전히 탈피하지 못했지만 신교육 사상, 자유 결혼관, 봉건 관료에 대한 비판, 자주 독립 사상 등의 새로운 주제 의식을 통해 근대소설로 진입하는 최초의 작품이라는 데 의의가 있다.

# 작품 줄거리

1894년 청일 전쟁이 막 끝난 때에 일곱 살 난 옥련은 피난길에 부모와 헤어져 부상을 입는다. 옥련은 평양의 모란봉에서 어머니를 부르며 산길을 헤매다가 적십자 간호수의 도움으로 야전 병원으로 옮겨진다. 옥련의 아버지 김관일은 난리 통에 부인과 딸을 잃고 장인의 도움을 받아 미국으로 유학을 간다. 모란봉 산비탈의 즐비한 시체 사이에서 남편과 옥련이를 찾던 옥련의 어머니는 일본군 헌병에게 끌려간다. 김관일의 부인 최씨는 남편이 집을 떠난 다음 집에 돌아온다. 그러고는 남편과 딸을 다시 만날 길이 없음을 알게 되자 대동강에 투신하여 자살을 기도하지만 뱃사공에 의해 구조되고, 딸의 일이 걱정되어 집을 찾아온 친정아버지를 만나서 김관일의 소식을 듣게 된다.

한편 옥련은 야전 병원에서 일본군 정상 소좌(井上 小佐)를 만나고 옥련을 가엾게 여긴 정상은 옥련을 수양딸로 삼아 일본 집으로 보낸다. 옥련은 정상 부인의 애정 속에 일본 대판(大坂, 오사카)에서 행복하게 살아가면서 일본 소학교를 다닌다. 그런데 정상 소좌의 전사 통지를 받은 정상 부인(옥련의 수양모)은 이때부터 태도가 돌변하여 옥련을 구박한다. 소학교를 우등생으로 졸업한 옥련은 자신의 신세를 한탄하며 가출을 결심하고 동경행 열차를 탄다. 옥련은 기차 안에서 우연히 구완서라는 청년을 만나게 되고 그와 함께 미국 유학길을 떠난다.

워싱턴에서 고등 소학교를 우등생으로 졸업한 옥련이 신문에 소개되자, 때마침 미국에서 유학하던 옥련의 부친 김관일이 옥련의 기사를 보고 찾아와 부녀가 극적으로 상봉한다. 이 소식을 들은 옥련의 어머니도 옥련을 만나러 미국으로 온다. 그리고 옥련은 구완서와 약혼을 한다.

혈의 누

일청 전쟁(청일 전쟁, 1894. 7~1895. 4에 동학란의 진압 문제를 둘러싸고 일어난 청나라와 일본의 전쟁. 일본이 이겨 이듬해 4월 하관에서 강화조약을 체결. 일본이 우리 나라를 침략하는 한 계기가 됨)의 총소리는 평양 일경(일부 지역)이 떠나가는 듯하더니, 그 총소리가 그치매 사람의 자취는 끊어지고 산과 들에 비린 티끌뿐이라.

평양성의 모란봉에 떨어지는 저녁볕은 뉘엿뉘엿 넘어가는데, 저 햇빛을 붙들어 매고 싶은 마음에 붙들어 매지는 못하고 숨이 턱에 닿은 듯이 갈팡질팡하는 한 부인이, 나이 서른이 될까 말까 하고 얼굴은 분을 따고 넣은 듯이 흰 얼굴이나 인정 없이 뜨겁게 내리쬐는 가을볕에 얼굴이 익어서 선앵둣빛이 되고, 걸음걸이는 허둥지둥하는데 옷은 흘러내려서 젖가슴이 다 드러나고 치맛자락은 땅에 질질 끌려서 걸음을 걷는 대로 치마가 밟히니, 그 부인은 아무리 급한 걸음걸이를 하더라도 멀리 가지도 못하고 허둥거리기만 한다.

남이 그 모양을 볼 지경이면 저렇게 어여쁜 젊은 여편네가 술 먹고 한길에 나와서 주정한다 할 터이나, 그 부인은 술 먹었다 하는 말은 고사하고 미쳤다, 지랄한다 하더라도 그따위 소리는 귀에 들리지 아니할 만하더라.

무슨 소회(마음에 품고 있는 생각이나 정)가 그리 대단한지 그 부인더러 물을 지경이면 대답할 여가도 없이 옥련이를 부르면서 돌아다니더라.

"옥련아, 옥련아, 옥련아, 옥련아. 죽었느냐 살았느냐. 죽었거든 죽은 얼굴이라도 한번 다시 만나 보자. 옥련아, 옥련아. 살았거든 어미 애를 그만 쓰이고 어서 바삐 내 눈에 보이게 하여라. 옥련아, 총에 맞아 죽었느냐, 창에 찔려 죽었느냐, 사람에게 밟혀 죽었느냐. 어리고 고운 살에 가시가 박힌 것을 보아도 어미 된 이내 마음에 내 살이 지겹게 아프던 내 마음이라. 오늘 아침에 집에서 떠나올 때에 옥련이가 내 앞에 서서 아장아장 걸어 다니면서, '어머니, 어서 갑시다.' 하던 옥련이가 어디로 갔느냐."

하면서 옥련이를 찾으려고 골몰한 정신에, 옥련이보다 열 갑절 스무 갑절 더 소중하게 생각하는 사람을 잃고도 모르고 옥련이만 부르며 다니다가 목이 쉬고 기운이 탈진하여 산비탈 잔디 풀 위에 털썩 주저앉았다가 혼잣말로,

'옥련 아버지는 옥련이 찾으려고 저 건너 산 밑으로 가더

니 어디까지 갔누.'

하며 옥련이를 찾던 마음이 홀지에(뜻하지 않게 갑작스럽게) 변하여 옥련 아버지를 기다린다.

기다리는 사람은 아니 오고, 인간 사정은 조금도 모르는 석양은 제 빛 다 가지고 저 갈 데로 가니 산 빛은 점점 먹장을 갈아 붓는 듯이 검어지고 대동강 물소리는 그윽한데, 전쟁에 죽은 더운 송장 새 귀신들이 어두운 빛을 타서 낱낱이 일어나는 듯 내 앞에 모여드는 듯하니, 규중에서 생장한 부인의 마음이라 무서운 마음에 간이 녹는 듯하여 숨도 크게 쉬지 못하고 앉았는데 홀연히 언덕 밑에서 사람의 소리가 들리거늘, 그 부인이 가만히 들은즉 길 잃고 사람 잃고 애쓰는 소리라.

"에그, 깜깜하여라. 이리 가도 길이 없고 저리 가도 길이 없으니 어디로 가면 길을 찾을까. 나는 사나이라 다리 힘도 좋고 겁도 없는 사람이언마는 이러한 산비탈에서 이 밤을 새고 사람을 찾아다니려 하면 이 고생이 이렇게 대단하거든, 겁도 많고 다녀 보지 못하던 여편네가 이 밤에 나를 찾아다니느라고 오죽 고생이 될까."

하는 소리를 듣고 부인의 마음에 난리 중에 피난 가다가 부부가 서로 잃고 서로 종적을 모르니 살아 생이별을 한 듯하더니, 하늘이 도와서 다시 만나 본다 하여 반가운 마음에 소리를 질렀더라.

"여보, 나 여기 있소. 날 찾아다니느라고 얼마나 애를 쓰셨소."

하면서 급한 걸음으로 언덕 밑으로 향하여 내려가다가 비탈에서 넘어져 구르니, 언덕 밑에서 올라오던 남자가 달려들어서 그 부인을 붙들어 일으키니, 그 부인이 정신을 차려 본즉 북두갈고리(북두 끝에 달린 갈고리) 같은 농군의 험한 손이 내 손에 닿으니 별안간에 선뜩한 마음에 소름이 끼치면서 가슴이 덜컥 내려앉고 겁결에 목소리가 나오지 못한다.

그 남자도 또한 난리 중에 제 계집 찾아다니는 사람인데, 그 계집인즉 피난 갈 때에 8승(八升, 승은 피륙의 날을 세는 단위) 무명을 강풀 한 됫박이나 먹였던지 장작같이 풀 센 치마를 입고 나간 터요, 또 그 계집은 호미자락, 절굿공이, 다듬잇방망이, 그러한 궂은일로 자라난 농군의 계집이라, 그 남자가 언덕에서 소리하고 내려오는 계집을 제 계집으로 알고 붙들었는데. 그 언덕에서 부르던 부인의 손은 명주같이 부드럽고 옷은 십이 승 아랫길 세모시 치마가 이슬에 눅었는데, 그 농군은 제 평생에 그 옷 입은 그런 손길은 만져 보기는 고사하고 쳐다보지도 못하던 위인이러라.

부인은 자기 남편이 아닌 줄 깨닫고 사나이도 제 계집이 아닌 줄 알았더라. 부인은 겁이 나서 간이 서늘하고 남자는 선녀를 만난 듯하여 흥김, 겁김에 가슴이 두근거리면서 숨소리는 크고 목소리는 아니 나온다. 그 부인의 마음에 아까는 호랑이도 무섭고 귀신도 무섭더니, 지금은 호랑이나 와서 나를 잡아먹든지 귀신이나 와서 저놈을 잡아가든지 그런 뜻밖의 일을 기다리나, 호랑이도 아니 오고 귀신도 아니 오고 눈에 보이는 것은 말 못하는 하늘의 별뿐이요, 이 산중에는 죄 없고 힘없는 이내 몸과 저 몹쓸 놈과 단 두 사람뿐이라.

사람이 겁이 나다가 오래되면 악이 나는 법이라. 겁이 날 때는 숨도 크게 못 쉬다가 악이 나면 반벙어리 같은 사람도 말이 물 퍼붓듯 나오는 일도 있는지라.

"여보, 웬 사람이오. 여보, 대답 좀 하오. 여보, 남을 붙들고 떨기는 왜 그리 떠오. 여보, 벙어리요, 도둑놈이오? 도둑놈이거든 내 몸의 옷이나 벗어 줄 터이니 다 가져가오."

그 남자가 못생긴 마음에 어기뚱한 생각이 나서 말 한마디 엄두가 아니 나던 위인이 불같은 욕심에 말문이 함부로 열렸더라.

"여보, 웬 여편네가 이 밤중에 여기 와서 있소? 아마 시집살이 마다하고 도망하는 여편네지. 도망꾼이라도 붙들어다가 데리고 살면 계집 없느니보다 날 터이니 데리고 갈 일이로구. 데리고 가기는 나중 일이어니와 내가 어젯밤 꿈에 이 산중에서 장가를 들었더니, 꿈도 신통히 맞춘다."

하면서 무지막지한 놈의 행위라 불측한 소리가 점점 심하니, 그 부인이 죽어서 이 욕을 아니 보리라 하는 마음뿐이나 어느 틈에 죽을 겨를도 없는지라.

　사람이 생목숨을 버리는 것은 사람이 제일 설워하는 일인데, 죽으려 하여도 죽지도 못하는 그 부인 생각은 어떻다 형용할 수 없는 터이라.

　빌어 보면 좋을까 생각하여 이리 빌고 저리 빌고 각색으로 빌어 보나 그놈의 귀에 비는 소리가 쓸데없고 하릴없을 지경이라. 언덕 위에서 웬 사람이 소리를 지르는데 무슨 소린지는 모르나 부인은 그 소리를 듣고 죽은 부모가 살아온 듯이 기쁜 마음에 마주 소리를 질렀더라.

　"사람 좀 살려 주오……."

　하는 소리가 아무리 부인의 목소리라도 죽을힘을 다 들여 지르는 밤소리라 산골이 울리니, 언덕 위의 사람이 또 소리를 지른다. 언덕 위와 언덕 밑이 두 간 길이쯤 되나 지척을 불변하는 칠야(아주 캄캄한 밤)에 서로 모양도 못 보고 또 서로 말도 못 알아듣는 터이라, 언덕 위의 사람이 총 한 방을 놓으니 밤중의 총소리라 산이 울리면서 사람이 모여드는데 일본 보초병들이러라. 누구는 겁이 많고 누구는 겁이 없다 하는 말도 알 수 없는 말이라.

　세상에 죄 있는 사람같이 겁 많은 사람은 없고 죄 없는 사람같이 다기(마음이 단단함) 있는 것은 없다. 부인은 총소리에도 겁이 없고 도리어 욕을 면한 것만 천행으로 여기는데, 그 남자는 제가 불측한 마음으로 불측한 일을 바라던 차라 총소리를 듣고 저를 죽이러 온 사람으로 알고 달아난다. 밝은 날 같으면 달아날 생의도 못하였을 터이나 깜깜한 밤이라 옆으로 비켜서기만 하여도 알 수 없는 고로 종적 없이 달아났더라.

보초병이 부인을 잡아서 앞세우고 가는데 서로 말은 못하고 벙어리가 소를 몰고 가듯 한다. 계엄 중 총소리라 평양성 근처에 있던 헌병들이 낱낱이 모여들어서 총 놓은 군사와 부인을 데리고 헌병부로 향하여 가니, 그 부인은 어딘지 모르고 가나 성도 보이고 문도 보이는데, 정신을 차려 본즉 평양성 북문이라.

밤은 깊어 사람의 자취도 없고, 사면에서 닭은 홰를 치며 울고 개는 여염집 평대문 개구멍으로 주둥이만 내어 놓고 짖는다. 닭 소리, 개 소리에 부인의 발이 땅에 떨어지지 못하여 걸음을 멈추고 섰는데 오장이 녹는 듯하고 눈물이 앞을 가린다. 개는 명물이라 밤사람을 알아보고 반가워 뛰어나오다가 헌병이 칼을 빼 치려 하니 개가 쫓겨 들어가며 짖으나 사람도 말을 통치 못하거늘 더구나 짐승이야……

"개야, 너 혼자 집을 지키고 있구나. 우리가 피난 갈 때에 너를 부엌에 가두고 나왔더니 어디로 나왔느냐. 너와 같이 집

에 있었더라면 이러한 일이 생기지 아니하였을 것을, 살 곳 찾아가느라고 죽을 길, 고생길로 들어갔다. 나는 살아와서 너를 다시 본다마는 서방님도 아니 계시다, 너를 귀애하던 옥련이도 없다, 내가 너와 같이 다리 힘이 좋으면 방방곡곡 찾아다닐 터이나, 다리 힘도 없고 세상에 만만하고 불쌍한 것은 여편네라 겁나는 것 많아서 못 다니겠다. 닭도 주인 없는 집에서 혼자 울고, 개도 주인 없는 집에서 혼자 짖는구나. 개야, 이리 나오거라. 나는 어디로 잡혀가는지, 내 발로 걸어가나 내 마음으로 가는 것은 아니다."

헌병이 큰 소리로 가기를 재촉하니 부인이 하릴없이 헌병부로 잡혀가는데 개가 멍멍 짖으며 따라오니 그 개 짖고 나오던 집은 부인의 집이러라.

그날은 평양에서 싸움 결말나던 날이요, 성중의 사람이 진저리 내던 청인이 그림자도 없이 다 쫓겨나가던 날이요, 철환은 공중에서 우박 쏟아지듯 하고 총소리는 평양성 근처가 다 두려빠지고 사람 하나도 아니 남을 듯하던 날이요, 평양 사람이 일병 들어온다는 소문을 듣고 일병은 어떠한지, 임진 난리에 평양 싸움 이야기하며 별 공론이 다 나고 별 염려 다 하던 그 일병이 장마 통에 검은 구름 떠들어오듯 성내, 성외에 빈틈없이 들어와 박히던 날이라.

본래 평양성 중 사는 사람들이 청인의 작폐에 견디지 못하여 산골로 피난 간 사람이 많더니, 산중에서는 청인 군사를 만나면 호랑이 본 것 같고 원수 만난 것 같다. 어찌하여 그렇게 감정이 사나우냐 할 지경이면, 청인의 군사가 산에 가서 젊은 부녀를 보면 겁탈하고 돈이 있으면 빼앗아 가고 제게 쓸데없는 물건이라도 놀부의 심사같이 장난하니, 산에 피난 간 사람은 난리를 한층 더 겪는다. 그러므로 산에 피난 갔던 사람이 평양성으로 도로 피난 온 사람도 많이 있었더라.

그 부인은 평양성 북문 안에 사는데 며칠 전에 산에 피난 갔다가 산에도 있을 수 없고, 촌에 사는 일갓집으로 피난 갔다가 단칸방에서 주인과 손과 여덟 식구가 이틀 밤을 앉아 새우고 하릴없어 평양성으로 도로 온 지가 불과 수일 전이라. 그때 마음에 다시는 죽어도 피난 가지 아니한다 하였더니, 오늘 새벽부터 총소리는 천지를 뒤집어 놓고 사면 산꼭대기들 가운데에 불비가 쏟아지니 밝기를 기다려서 피난길을 떠났는데, 아무것도 가진 것 없고 젊은 내외와 어린 딸 옥련이와 단 세 식구 피난이라.

성중에는 울음 천지요, 성밖에는 송장 천지요, 산에는 피난꾼 천지라. 어미가 자식 부르는 소리, 서방이 계집 부르는 소리, 계집이 서방 부르는 소리, 이렇게 사람 찾는 소리뿐이라. 어린아이를 내버리고 저 혼자 달아나는 사람도 있고 두 내외 손을 맞붙들고 마주 찾는 사람도 있더니, 석양판에는 그 사람이 다 어디로 가고 없는지 보이지 아니하고, 모란봉 아래서 옥련이 부르고 다니는 부인 하나만 남아 있더라.

그 부인의 남편 되는 사람은 나이 스물아홉 살인데, 평양서 돈 잘 쓰기로 이름난 김관일이라. 피난길 인해 중에 서로 잃고 서로 찾다가 김관일은 저의 집으로 혼자 돌아와서 그날 밤에 빈집에 혼자 있다가 밤중에 개가 하도 몹시 짖거늘, 일어나서 대문을 열고 보려 하다가 겁이 나서 차마 열지는 못하고 문틈으로 내다보았으나 벌써 헌병이 그 부인을 앞세우고 가니, 김관일은 그 부인이 헌병에게 붙들려 가는 줄은 생각 밖이요, 그 부인은 그 남편이 집에 있는 줄은 또한 꿈도 아니 꾸었더라.

김씨는 혼자 빈집에서 밤새도록 잠들지 못하고 별 생각을 다 한다. 북문 밖 넓은 들에 철환 맞아 죽은 송장과 죽으려고 숨넘어가는 반송장들은 제각각 제 나라를 위하여 전장에 나와서 죽은 장수와 군사들이라. 죽어도 제 직분이거니와, 엎드러지고 곱드러져서 봄바람에 떨어진 꽃과 같이 간 곳마다 발에 밟히고 눈에 걸리는 피난꾼들은 나라의 운수런가. 제 팔자 기박하여 평양 백성 되었던가. 땅도 조선 땅이요, 사람도 조선 사람이라. 고래 싸움에 새우 등 터지듯이, 우리 나라 사람들이 남의 나라 싸움에 왜 이리 참혹한 일을 당하는가. 우리 마누라는 대문 밖에 한 걸음 나가 보지 못한 사람이요, 내 딸은 일곱 살 된 어린아이라 어디서 밟혀 죽었는가.

슬프다, 저 송장들의 피가 시내 되어 대동강에 흘러들어 여울목 치는 소리 무심히 듣지 말지어다. 평양 백성의 원통하고 설운 소리가 아닌가. 무죄히 죄를 받는 것도 우리 나라 사람이요, 무죄히 목숨을 지키지 못하는 것도 우리 나라 사람이라. 이것은 하늘이 지으신 일이런가 사람이 지은 일이런가. 아마도 사람의 일은 사람이 짓는 것이다. 우리 나라 사람이 제 몸만 위하고 제 욕심만 채우려 하고, 남은 죽든지 살든지 나라가 망하든지 흥하든지 제 벼슬만 잘하여 제 살만 찌우면 제일로 아는 사람들이라.

평안도 백성은 염라대왕이 둘이라. 하나는 황천에 있고 하나는 평양 선화당에 앉아 있는 감사라. 황천에 있는 염라대왕은 나이 많고 병들어서 세상이 귀찮게 된 사람을 잡아가거니와, 평양 선화당에 있는 감사는 몸 성하고 재물 있는 사람은 낱낱이 잡아가니, 인간 염라대왕으로 집집에 터주까지 겸한 겸관이 되었는지, 고사를 잘 지내면 탈이 없고 못 지내면 온 집안에 동토(동티, 잘못으로 인해 걱정이 생기거나 해를 입게 되는 것)가 나서 다 죽을 지경이라.

제 손으로 벌어 놓은 제 재물을 마음 놓고 먹지 못하고 천생 타고난 제 목숨을 남에게 매어 놓고 있는 우리 나라 백성들을 불쌍하다 하겠거든, 더구나 남의 나라 사람이 와서 싸움을 하느니 지랄을 하느니 그러한 서슬에 우리는 패가하고 죽는 것이 다 우리 나라가 강하지 못한 탓이라.

오냐, 죽은 사람은 하릴없다. 살아 있는 사람들이나 이후에 이러한 일을 또 당하지 아니하게 하는 것이 제일이다. 제 정신 제가 차려서 우리 나라도 남의 나라와 같이 밝은 세상 되고 강한 나라 되어 백성 된 우리들이 목숨도 보전하고 재물도 보전하고, 각 도 선화당과 각 도 동헌 위에 아귀 귀신 같은 산 염라대왕과 산 터주도 못 오게 하고, 범 같고 곰 같은 타국 사람들이 우리 나라에 와서 감히 싸움할 생각도 아니하도록 한 후에라야, 사람도 사람인 듯싶고 살아도 산 듯싶고 재물이 있어도 제 재물인 듯하리로다.

처량하다, 이 밤이여. 평양 백성은 어디 가서 사생 중에 들었으며, 아귀 같은 염라대왕은 어느 구석에 박혔으며, 우리 처자는 어떻게 되었는고. 우리 내외 금실이 유명히 좋던 사람이요, 옥련이를 남다르게 귀애하던 가정이라. 그러나 세상에 뜻이 있는 남자 되어 처자만 구구히 생각하면 나라의 큰일을 못하는지라. 나는 이 길로 천하 각국을 다니면서 남의 나라 구경도 하고 내 공부 잘한 후에 내 나라 사업을 하리라, 하고 밝기를 기다려서 평양을 떠나가니, 그 발길 가는 데는 만리타국이라.

그 부인은 일본군 헌병부로 잡혀갔으나 규중에서 생장한

부인이 그러한 난리 중에 그러한 풍파를 겪었다 하는 말을 듣는 자 누가 불쌍타 하지 아니하리오. 통변이 말을 전하는 대로 헌병장이 고개를 기울이고 불쌍하다 가엾다 하더니, 그 밤에는 군중에서 보호하고 그 이튿날 제집으로 돌려보내니, 부인은 하룻밤 동안에 세상 풍파를 다 지내고 본집으로 돌아왔더라.

아침날 서늘한 기운에 빈집같이 쓸쓸한 것은 없는데 그 부인이 그 집에 들어와 보더니 처창한(구슬픈) 마음이 새로이 나서,

'이 집구석에서 나 혼자 살아 무엇하리.'

하면서 마루 끝에 털썩 걸터앉더니 정신없이 모로 쓰러졌다.

'어제날 피난 갈 때에 급하고 겁나는 마음에 밥도 먹지 아니하고 나섰다가 하룻날 하룻밤에 고생한 일은 인간에 나 하나뿐인가 싶은 마음에 배가 고픈지 다리가 아픈지 모르고 지냈더니, 내 집으로 돌아오니 남편도 소식 없고 옥련이도 간 곳없고 엉성한 네 기둥과 적적한 마루 위에 덧문 척척 닫힌 방을 보고, 이 몸이 앉은 채로 쓰러져 없었으면 좋으련마는 그렇지 아니하면 무슨 경황에 내 손으로 저 방문을 열고 내 발로 저 방으로 들어갈까.'

하는 혼잣말을 다 마치지 못하고 정신을 잃었더라.

평시 같으면 이웃 사람도 오락가락하고 방물장수, 떡 장수도 들락날락할 터인데, 그때는 평양성 중에 살던 사람들이 이번 불소리에 다 달아나고 있는 것은 일본 군사뿐이라. 그 군사들이 까마귀 떼 다니듯 하며 이 집 저 집 함부로 들어간다.

본래 전시 국제 공법(戰時國際公法)에 전장에서 피난 가고 사람 없는 집은 집도 점령하고 물건도 점령하는 법이라. 그런고로 군사들이 빈집을 보면 일삼아 들어간다.

김씨 집에 들어와서 보는 군사들은 마루 끝에 부인이 누워 있는 것을 보고 도로 나갈 뿐이라. 아마도 부인을 구하여 줄 사람은 없었더라. 만일 엄동설한에 하루 동안을 마루에 누웠으면 얼어 죽었을 터이나, 다행히 일기가 더운 때라 종일 정신없이 마루에 누웠으나 관계치 아니하였더라.

밤이 되매 비로소 정신이 나기 시작하는데, 꿈 깨고 잠 깨듯 별안간에 정신이 난 것이 아니라 모란봉에 안개 걷히듯 차차 정신이 난다. 처음에 눈을 떠서 보니 하늘에는 별이 총총하고, 다시 눈을 둘러보니 우중충한 집에 나 혼자 누웠으니, 이곳은 어디며 이 집은 뉘 집인지 나는 어찌하여 여기 와서 누웠는지 곡절을 모른다.

차차 본즉 내 집이요, 차차 생각한즉 여기 와서 걸터앉았던 생각도 나고, 어젯밤에 일본 헌병부로 가던 생각도 나고, 총소리에 사람 모여들던 생각도 나고, 도둑놈에게 욕을 볼 뻔하던 생각이 나면서 새로이 소름이 끼친다.

정신이 번쩍 나고 없던 기운이 번쩍 나서 벌떡 일어나 앉았으니 남편 생각과 옥련이 생각만 난다.

안방에는 옥련이가 자는 듯하고 사랑방에는 남편이 있는 듯하다. 옥련이를 부르면 나올 듯하고 남편을 부르면 대답을 할 것 같다. '어제 지낸 일은 정녕 꿈이라, 내가 악몽을 꾸었지. 지금은 깨었으니 옥련이를 불러 보리라.' 하고 안방으로 고개를 두르고 옥련아, 옥련아, 옥련아, 옥련아, 부르다가 소름이 죽죽 끼치고 소리가 점점 움츠러진다. 일어서서 안방 문 앞으로 가니 다리가 덜덜 떨리고 가슴이 두근두근한다. 방문을 왈칵 잡아당기니 방 속에서 벼락 치는 소리가 나며 부인은 외마디 소리를 지르고 주저앉았더라.

어제 아침에 이 방에서 피난 갈 때에는 방 가운데 아무것도 늘어놓은 것 없었더니, 오늘 아침에 김관일이가 외국에 가려고 결심하고 나갈 때에 무엇을 찾느라고 다락 속, 벽장 속에 있는 세간을 낱낱이 내어 놓고, 궤 문도 열어 놓고 농문도 열어 놓고 궤짝 위에 농짝도 놓고 농짝 위에 궤짝도 얹었는데, 단정히 놓인 것도 있지마는 곧 내려질 듯한 것도 있었더라. 방문은 무슨 정신에 닫고 갔던지, 방 안의 벽장문, 다락문은 열린 채로 두었더라.

강아지만한 큰 쥐가 다락에서 나와서 방 안에서 제 세상같이 있다가 방문 여는 소리를 듣고 궤 위에서 방바닥으로 내려 뛰는데, 그 궤가 안동하여(그 일로 인하여) 떨어지니 그 궤는 옥련의 궤라, 조개껍질도 들고 서양 철 조각도 들고 방울도 들고 유리병도 들었으니, 그 궤가 떨어질 때는 소리가 조용치는 못하겠으나 부인이 겁결에 들은즉 벼락 치는 소리 같더라.

부인이 정신을 차리고 당성냥을 찾으려고 방 안으로 들어가니, 발에 걸리고 몸에 부딪히는 것이 무엇인지 무서운 마음에 도로 나와서 마루 끝에 앉았더라. 이 밤이 초저녁인지 밤중인지 샐녘인지 모르고 날 새기만 기다리는데, 부인의 마음에는 이 밤이 샐 때가 되었거니 하고 동편 하늘만 쳐다보고 있더라.

두 날개 탁탁 치며 꼬끼오 우는 소리는 첫닭이 분명한데 이 밤 새우기는 참 어렵도다. 그렇게 적적한 집에 그 부인이 혼자 있어서 하루, 이틀, 열흘, 보름을 지낼수록 경황없고 처량한 마음이 조금도 감하지 아니한다. 감하지 아니할 뿐 아니라 날이 갈수록 심란한 마음이 깊어 가더라. 그러면 무슨 까닭으로 세상에 살아 있는고. 한 가지 일을 기다리고 죽기를 참고 있었더라.

피난 갔던 이튿날, 방 안에 세간이 늘어놓인 것을 보고 남편이 왔던 자취를 알고 부인의 마음에는 남편이 옥련이와 나

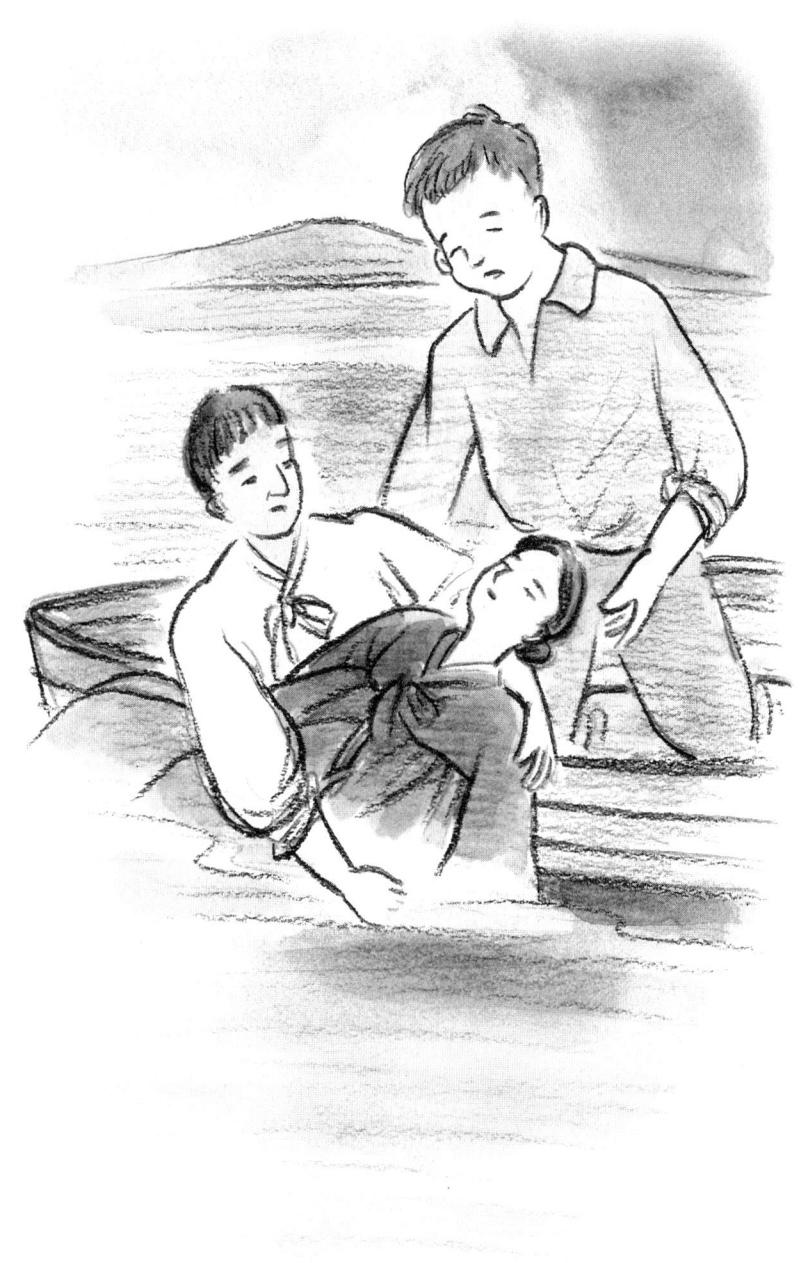

를 찾아다니다가 찾지 못하고 집에 돌아와서 보고 또 찾으러 간 줄로 알고 그 남편이 방향 없이 나서서 오죽 고생을 할까 싶은 마음에 가엾으면서 위로는 되더니, 그날 해가 지고 저무니 남편이 돌아올까 기다리는 마음에 대문을 닫지 아니하고 앉아 밤을 새웠더라. 그 이튿날, 또 다음 날을 날마다 밤마다 때마다 기다리는데, 사람의 소리가 들리면 뛰어나가 보고 개가 짖으면 쫓아가서 본다.

고대하던 마음은 진하고 단망(희망이 끊어짐)하는 마음이 생긴다. 어느 곳에서 사람이 죽었다 하는 소문이 있으면 남편이 거기서 죽은 듯하고, 어느 곳에서는 어린아이 죽었다는 말이 들리면 내 딸 옥련이가 거기서 죽은 듯하다.

남편이 살아오거니 하고 고대할 때는 마음을 붙일 곳이 있어서 살아 있었거니와 죽어서 못 오거니 하고 단망하니 잠시도 이 세상에 있기가 싫다.

부인이 죽기로 결심하고 대동강 물에 빠져 죽을 차로 밤 되기를 기다려 강가로 향하여 가니, 그때는 9월 보름이라 하늘은 씻은 듯하고 달은 초롱 같다. 은가루를 뿌린 듯한 백사장에 인적은 끊어지고 백구(갈매기)는 잠들었다. 부인이 탄식하여 가로되,

"달아, 물어보자. 너는 널리 보리로다. 낭군이 소식 없고 옥련은 간곳없다. 이 세상에 있으면 집 찾아왔으련만, 일거

무소식하니 북망객(죽은 사람) 됨이로다. 이 몸이 혼자 살면 일 평생 근심이요, 이 몸이 죽었으면 이 근심 모르리라. 십오 년 부부 정과 일곱 해 모녀 정이 어느 때 있었던지 지금은 꿈같도다. 꿈같은 이내 평생 오늘날뿐이로다. 푸르고 깊은 물은 갈 길이 저기로다."

이러한 탄식을 마치매 치마를 걷어잡고 이를 악물고 두 눈을 딱 감으면서 물에 뛰어내리니 그 물은 대동강이요, 그 사람은 김관일의 부인이라.

물 아래 뱃나들이에 한 거룻배가 비꼈는데, 그 배 속에서 사공 하나와 평양성 내에 사는 고장팔이라 하는 사람과 단둘이 달밤에 밤윷을 노는데, 그 사공과 고가는 각어미자식(부모가 다른 자식)이나 성정은 어찌 그리 똑같던지, 사공이 고가를 닮았는지 고가가 사공을 닮았는지 벌어먹는 길만 다르나 일만 없으면 두 놈이 함께 붙어 지낸다.

무엇을 하느라고 같이 붙어 지내는고. 둘 중에 하나만 돈이 있으면 서로 꾸어 주며 투전을 하고, 둘이 다 돈이 없으면 담배 내기 밤윷이라도 아니 놀고는 못 견딘다. 하루 밥을 굶어라 하면 어렵게 여기지 아니하나 하루 노름을 하지 말라 하면 병이 날 듯한 놈들이라.

그 밤에도 고가가 그 사공을 찾아가서 단둘이 밤윷을 놀다가 물 위에서 이상한 소리가 들리나 윷에 미쳐서 정신을 모르다가, 물 위에서 웬 사람이 떠내려 오다가 배에 걸려서 허덕거리는 것을 보고 급히 뛰어내려서 건진즉 한 부인이라.

본래 부인이 높은 언덕에서 뛰어내렸더라면 물이 깊고 얕고 간에 살기가 어려웠을 터이나, 모래톱에서 물로 뛰어 들어가니 그 물이 한두 자 깊이가 될락 말락 한 물이라. 물이 낮아 죽지 아니하였으나 부인은 죽을 마음으로 빠진 고로 얕은 물이라도 죽을 작정만 하고 드러누우니 얼른 죽지는 아니하고 물에 떠서 내려가다가 배에 있던 사람에게 구원되었더라.

화약 연기는 구름에 비 묻어다니듯이 평양의 총소리가 의주로 올라가더니 백마산에는 철환 비가 오고 압록강에는 송장으로 다리를 놓는다. 평양은 난리 평정이 되고 의주는 새로 난리를 만났으니, 가령 화재 만난 집에서 안방에는 불을 잡았으나 건넌방에는 불이 붙는 격이라. 안방이나 건넌방이나 집은 한집이언만 안방 식구는 제 방에만 불 꺼지면 다행으로 안다.

의주서는 피비 오는데 평양성 중에는 차차 웃음소리가 난다. 피난 가서 어느 구석에 숨어 있던 사람들이 차차 모여들어서 성중에는 옛 모양이 돌아온다.

집집의 걸어 닫혔던 대문도 열리고 골목골목마다 사람의 자취가 없던 곳도 사람이 오락가락하고 개 짖고 연기 나는 모양이 세상은 평화 된 듯하나, 북문 안의 김관일의 집에는 대문이 달힌 채로 있고 그 집 문간에 사람이 와서 찾는 자도 없었더라.

하루는 어떠한 노인이 부담말(물건을 담은 농짝 위에 사람이 타게 된 말)을 타고 오다가 김씨 집 앞에서 말께 내리더니 김씨 집 대문을 흔들어 본즉 문이 걸리지 아니하였거늘 안으로 들어가더니 나와서 이웃집에 말을 묻는다.

"여보, 말 좀 물어봅시다. 저 집이 김관일 김 초시 집이오?"

"네, 그 집이오. 그 집에 아무도 없나 보오."

"나는 김관일의 장인 되는 사람인데, 내 사위는 만나 보았으나 내 딸과 외손녀는 피난 갔다가 집 찾아왔는지 몰라서 내가 여기까지 온 길이러니, 지금 그 집에 들어가서 본즉 아무도 없기로 궁금하여 묻는 말이오."

"우리도 피난 갔다가 돌아온 지가 며칠 되지 아니하였으니 이웃집 일이라도 자세히 모르겠소."

노인이 하릴없이 다시 김씨 집에 들어가서 자세히 살펴보니 사람은 난리를 만나 도망하고 세간은 도둑을 맞아서 빈 농짝만 남았는데 벽에 언문 글씨가 있으니, 그 글씨는 김관일 부인의 필적인데 대동강 물에 빠져 죽으려고 나가던 날의 세상 영결하는 말이라. 노인이 그 필적을 보고 놀랍고 슬픈 마음을 진정치 못하였더라.

그 노인은 본래 평양성 내에서 살던 최 주사라 하는 사람인데, 이름은 항래라. 십 년 전에 부산으로 이사하여 장사를 크게 하는데 그때 나이 오십이라. 재산은 유여하나 아들이 없어서 양자하였더니 양자는 합의치 못하고, 소생은 딸 하나 있으나 그 딸은 편애할 뿐 아니라 그 딸을 기를 때에 최 주사는 애쓰고 마음 상하면서 길러 낸 딸이요, 눈살 맞고 자라난 딸인데, 그 딸인즉 김관일의 부인이라.

　최씨가 그 딸 기를 때의 일을 말하자 하면, 소진(중국 전국시대의 세객으로 《합종책》을 써서 여섯 나라의 재상이 되고 뒤에 제나라 객경이 되었음. 여기서는 그의 능란한 구변을 말함)의 혀를 두셋씩 이어 놓고 3, 4월 긴긴 해를 몇씩 포개 놓을지라도 다 말할 수 없는 일이러라.

　그 부인의 이름은 춘애라. 일곱 살에 그 모친이 돌아가고 계모가 길렀는데, 그 계모는 부인 범절에는 사사이 칭찬 듣는 사람이나 한 가지 결점이 있으니 그 흠절은 전실 소생 춘애에게 몹시 구는 것이라. 세간 그릇 하나라도 전실이 쓰던 것이면 무당 불러서 불살라 버리든지 깨뜨려 버리든지 하여야 속이 시원하여지는 성정이라. 그러한 계모의 성정에 사르지도 못하고 깨뜨리지도 못할 것은 전실 소생 춘애라.

　최씨가 그 딸을 옥같이 사랑하고 금같이 귀애하나 그 후취 부인 보는 때는 조금도 귀애하는 모양을 보이면 춘애는 그 계모에게 음해를 받을 터이라. 그런고로 최 주사가 그 딸을 칭찬하고 싶은 데도 그 계모 보는 데서는 꾸짖고 미워하는 상을 보이는 일도 많다.

그러면 최 주사가 그 후취 부인에게 쥐어 지내느냐 할 지경이면 그렇지도 아니하다. 그 후취 부인은 죽어 백골 된 전실에게 투기하는 마음 한 가지만 아니면 아무 흠절이 없으니, 그러한 부인은 쇠사슬로 신을 삼아 신고 그 신이 날이 나도록 조선 팔도를 다 돌아다니더라도 그만한 아내는 얻기가 어렵다 하는 집안 공론이라. 최씨가 후취 부인과 금실도 좋고 전취 소생 춘애도 사랑하니, 춘애를 위하여 주려 하면 후실의 뜻을 맞추어 주는 일이 상책이라.

춘애가 어려서부터 총명하고 눈치 빠르기로는 어린아이로 볼 수가 없다. 계모에게 따르기를 생모같이 따르면서 혼자 앉으면 눈물을 씻고 죽은 어머니 생각하더라. 춘애가 그러한 고생을 하고 자라나서 김관일의 부인이 되었는데, 최씨는 딸을 출가한 딸로 여기지 아니하고 젖 먹이는 딸과 같이 안다.

평양의 난리 소문이 다른 사람 듣기에는 이웃집에 초상났다는 소문과 같이 심상히 들리나 부산 사는 최항래 최 주사의 귀에는 소름이 끼치도록 놀랍고 심려되더니, 하루는 그 사위 김관일이가 부산 최씨 집에 와서 난리 겪은 말도 하고 외국으로 공부하러 가고자 하는 목적을 말하니, 최씨가 학비를 주어서 외국에 가게 하고, 최씨는 그 딸과 외손녀의 생사를 자세히 알고자 하여 평양에 왔더니, 그 딸이 대동강 물에 빠져 죽을 차로 벽상에 그 회포를 쓴 것을 보니 그 딸 기를 때의 불쌍하던 마음이 새로이 나서, 일곱 살에 저의 어머니 죽을 때에 죽은 어미의 뺨을 대고 울던 모습도 눈에 선하고, 계모의 눈살을 맞아서 조잡들던 모양도 눈에 선하고, 내가 부산 갈 때에 부녀가 다시 만나 보지 못하는 듯이 낙루하며 작별하던 모양도 눈에 선한 중에, 해는 점점 지고 빈집에 쓸쓸한 기운은 날이 저물수록 형용하기 어렵더라.

최씨가 데리고 온 하인을 부르는데 근력 없는 목소리로,

"이 애 막동아, 부담 떼서 안마루에 갖다 놓아라."

"말은 어데 갖다 매오리까?"

"마방집에 갖다 매어라."

"소인은 어디서 자오리까?"

"마방집에 가서 밥이나 사서 먹고 이 집 행랑방에서 자거라."

"나리께서도 무엇을 좀 사다가 잡숫고 주무시면 좋겠습니다."

"나는 술이나 먹겠다. 부담에 달았던 술 한 병 떼어 오고 찬합만 끌러 놓아라. 혼자 이 방에 앉아 술이나 먹다가 밤새거든 새벽길 떠나서 도로 부산으로 가자. 난리가 무엇인가 하였

더니 당하여 보니 인간에게 지독한 일은 난리로구나. 내 혈육은 딸 하나 외손녀 하나뿐이러니 와서 보니 이 모양이로구나.

막둥아, 너같이 무식한 놈더러 쓸데없는 말 같지마는 이후에는 자손 보존하고 싶은 생각 있거든 나라를 위하여라. 우리 나라가 강하였더라면 이 난리가 아니 났을 것이다. 세상 고생 다 시키고 길러 낸 내 딸자식, 나이 젊고 무병하건마는 난리에 죽었구나. 역질, 홍역 다 시키고 잔주접 다 떨어 놓은 외손녀도 난리 중에 죽었구나."

"나라는 양반님네가 다 망하여 놓으셨지요. 상놈들은 양반이 죽이면 죽었고 때리면 맞았고, 재물이 있으면 양반에게 빼앗겼고 계집이 어여쁘면 양반에게 빼앗겼으니, 소인 같은 상놈들은 제 재물, 제 계집, 제 목숨 하나를 위할 수가 없이 양반에게 매였으니 나라 위할 힘이 있습니까. 입 한 번을 잘못 놀려도 죽일 놈이니 살릴 놈이니, 오금을 끊어라 귀양을 보내라 하는 양반님 서슬에 상놈이 무슨 사람값에 갔습니까.

난리가 나도 양반의 탓이올시다. 일청 전쟁도 민영춘이란 양반이 청인을 불러왔답니다. 나리께서 난리 때문에 따님 아씨도 돌아가시고 손녀 아기도 죽었으니 그 원통한 귀신들이 민영춘이라는 양반을 잡아갈 것이올시다."

하면서 말이 이어 나오니, 본래 그 하인은 주제넘다고 최씨 마음에 불합하나 이번 난리 중 험한 길에 사람이 똑똑하다고 데리고 나섰더니 이러한 심란 중에 주제넘고 버릇없는 소리를 함부로 하니 참 난리 난 세상이라. 난리 중에 꾸짖을 수도 없고 근심 중에 무슨 소리든지 듣기도 싫은 고로 돈을 내어 주며 하는 말이, 막둥아, 너도 나가서 술이나 싫도록 먹어라, 홧김에 먹고 보자 하니 막둥이는 밖으로 나가고, 최씨는 혼자 술병을 대하여 팔자 한탄하다가 술 한 잔 먹고, 세상 원망하다가 술 한 잔 먹고, 딸 생각이 나도 술 한 잔 먹고, 외손녀 생각이 나도 술 한 잔 먹고, 술이 얼큰하게 취하더니 이 생각 저 생각 없이 술만 먹다가 갓 쓴 채로 목침 베고 드러눕더니 잠이 들면서 꿈을 꾸었더라.

모란봉 아래에서 딸과 외손녀를 데리고 피난을 가다가 노략질꾼 도둑을 만나서 곤란을 무수히 겪다가 딸이 도둑을 피하여 가느라고 높은 언덕에서 떨어져 죽는 것을 보고, 최씨가 도둑놈을 때려죽이려 지팡이를 들고 때리니 도둑놈이 달려들어 최씨를 마구 때리거늘, 최씨가 넘어져서 일어나려고 애를 쓰는데 도둑놈이 최씨를 깔고 앉아서 멱살을 쥐고 칼을 빼니, 최씨가 숨을 쉴 수가 없어 일어나려고 애를 쓰니 최씨가 분명 가위에 눌린 것이다.

곁에서 사람이 최씨를 흔들며,

'아버지, 여기를 어찌 오셨소? 아버지, 아버지!' 하는 소리에 깜짝 놀라 깨치니 남가일몽(꿈같은 한때의 부귀영화)이라. 눈을 떠서 자세히 본즉 대동강 물에 빠져 죽으려고 벽상에 회포를 써서 붙였던 딸이 살아온지라, 기쁜 마음에 정신이 번쩍 나서 생각한즉 이것도 꿈이 아닌가 의심난다.

"이 애, 네가 죽으려고 벽상에 유언을 써서 놓은 것이 있더니 어찌 살아왔느냐? 아까 꿈을 꾸니 네가 언덕에서 떨어져 죽었더니 지금 너를 보니 이것이 꿈이냐, 그것이 꿈이냐? 이것이 꿈이거든 이 꿈을 이대로 깨지 말고 십 년, 이십 년이라도 이대로 지냈으면 그 아니 좋겠느냐."

하는 말이 최씨 생각에는 그 딸 만나 보는 것이 정녕 꿈같고 그 딸이 참 살아온 사기(일이 되어 가는 가장 중요한 기틀)는 자세히 모른다.

원래 최씨 부인이 물에 빠져 떠내려갈 때에 뱃사공과 고장팔에게 구한 바 되었는데, 장팔의 모와 장팔의 처가 그 부인을 교군에 태워서 저희 집으로 모시고 가서 수일을 극진히 구원하였다가 그 부인이 차차 완인이 되매 그날 밤 들기를 기다려서 부인이 장팔의 모를 데리고 집에 돌아온 길이라.

장팔의 모는 길가에서 무엇을 사 가지고 들어온다 하고 뒤떨어졌는데, 그 부인은 발씨 익은 내 집이라 앞서서 들어온즉 안마루에 부담 상자도 있고 안방에는 불이 켜 있어 밝은지라. 이전 마음 같으면 부인이 그 방문을 감히 열지 못하였을 터이나 별 풍상 다 지내고 지금은 겁나는 것도 없고 무서운 것도 없는지라, 내 집 내 방에 누가 와서 들어앉았는가 하면서 서슴지 아니하고 방문을 열어 보니 웬 사람이 자다가 가위에 눌려서 애를 쓰는 모양인데 자세히 본즉 자기의 부친이라. 부인이 그때에 부친을 만나니 반가운 마음에 아무 말도 아니하고 나오느니 울음뿐이라.

뒤떨어졌던 고장팔의 모가 들어 달아오면서 덩달아 운다.

"에그, 나리 마님이 이 난리 중 여기 오셨네. 알 수 없는 것은 세상일이올시다. 나리께서 부산으로 이사 가실 때에 할미는 늙은 것이라 살아서 다시 나리께 뵙지 못하겠다 하였더니, 늙은 것은 살았다가 또 뵈옵는데 어린 옥련 애기와 젊으신 서방님은 어디 가서 돌아가셨는지 나리 오신 것을 못 만나 뵈네."

하는 말은 속에서 솟아 나오는 인정이라. 그 노파가 인정이 있을 만도 한 사람이라.

고장팔의 모가 본래 최씨 집 종인데 서른 전부터 드난(임시로 남의 집 부엌일 따위를 도와주는 사람)은 아니 하나 최씨의 덕으로 살다가 최씨가 이사 갈 때에 장팔의 모는 상전을 따라가고자 하나 장팔이가 노름꾼으로 최씨의 눈 밖에 난 놈이라 최씨를 따라가지 못하고 끈 떨어진 뒤웅박같이 평양에 있었더니, 이번에는 노름 덕으로 대동강 배 속에서 밤잠 아니 자고 있다가 최씨 부인을 구하여 살렸으니 장팔이 지금은 노름하는 칭찬도 들을 만하게 되었더라.

최씨 부인이 그 부친에게서 남편 김씨가 외국으로 유학하러 갔다는 말을 듣고 만 리의 이별은 섭섭하나 난리 중에 목숨을 보존한 것만 천행으로 여겨서 부친의 말하는 입을 쳐다보면서 눈에는 눈물이 가득하나 얼굴에는 기쁜 빛을 띠더라.

"이 애 김집아, 네 집은 외무주장(집안에 살림을 맡아 할 만큼 장성한 남자가 없음)하니 여기서 고단하여 살 수 없을 것이니 나를 따라 부산으로 내려가서 내 집에 같이 있으면 좋지 아니하겠느냐?"

"내가 물에 빠져 죽으려 하기는 가장이 죽은 줄로 생각하고 나 혼자 세상에 살아 있기가 싫은 고로 대동강에 빠졌더니, 사람에게 건진 바 되어 살아 있다가 가장이 살아서 외국에 유학하러 갔다는 소식을 들었으니, 나는 이 집을 지키고 있다가 몇 해 후가 되든지 이 집에서 다시 가장의 얼굴을 만나 보겠으니, 아버지께서는 딸 생각 마시고 딸 대신 사위가 공부나 잘하도록 학비나 잘 대어 주시기를 바라나이다. 나는 이 집에서 장팔의 어미를 데리고 박토 마지기에서 도짓섬(빌려 준 곡식) 받는 것 가지고 먹고 있겠소. 그러나 옥련이나 있다면 위로가 될걸, 허구한 세월을 어찌 기다리나."

하는 소리에 최 주사가 흉격이 막히나 다사(多事)한 사람이 오래 있을 수 없는 고로 수일 후에 부산으로 내려가고, 김씨 부인은 장팔의 어미를 데리고 있으니 행랑에는 늙은 과부요, 안방에는 젊은 생과부가 있어서 김씨를 오기만 기다리고 세월 가기만 기다린다. 밤에는 밤이 길고 낮에는 낮이 긴데 그 밤과 그 낮을 모아 달 되고 해 되니, 천하에 어려운 것은 사람 기다리는 것이라.

부인의 생각에는 인간의 고생이 나 하나뿐인 줄로 알고 있건마는, 그보다 더 고생하는 사람이 또 있으니 그것은 부인의 딸 옥련이라.

당초에 옥련이가 피난 갈 때에 모란봉 아래서 부모의 간 곳 모르고 어머니를 부르면서 발을 동동 구르다가 난데없는 철환 한 개가 넘어오더니 옥련의 왼편 다리에 박혀 넘어져서 그날 밤을 그 산에서 목숨이 붙어 있었더니, 그 이튿날 일본 적십자 간호수가 보고 야전 병원으로 실어 보내니 군의(軍醫)가 본즉 중상은 아니라. 철환이 다리를 뚫고 나갔는데 군의 말이,

'만일 청인의 철환을 맞았으면 철환에 독한 약이 섞인지라 맞은 후에 하룻밤을 지냈으면 독기가 몸에 많이 퍼졌을 터이나 옥련이가 맞은 철환은 일인의 철환이라 치료하기 대단히 쉽다.'

하더니 과연 3주일이 못 되어서 완연히 평일과 같은지라.

그러나 옥련이는 갈 곳이 없는 아이라, 병원에서 옥련의 집을 물은즉 평양 북문 안이라 하니 병원에서 옥련이가 나이 어

리고 또한 정경을 불쌍케 여겨서 통사(통역)를 안동하여 옥련의 집에 가서 보라 한즉, 그때는 옥련의 모친이 대동강 물에 빠져 죽으려고 벽상에 그 사정 써서 붙이고 간 후라, 통변이 그 글을 보고 옥련을 불쌍히 여겨 도로 데리고 야전 병원으로 가니, 군의 정상(일본어로 '이노우에'라고 함) 소좌(소령)가 옥련의 정경을 불쌍히 여기고 옥련의 자품(타고난 바탕과 성품)을 기이하게 여겨 통변을 세우고 옥련의 뜻을 묻는다.

"이 애, 너의 아버지와 어머니가 어디로 간지 모르냐?"

"……"

"그러면 네가 내 집에 가서 있으면 내가 너를 학교에 보내어 공부하도록 하여 줄 것이니, 네가 공부를 잘하고 있으면 내가 아무쪼록 너의 나라에 탐지하여 너의 부모가 살았거든 너의 집으로 곧 보내 주마."

"우리 아버지 어머니가 살아 있는 줄을 알고 나를 도로 우리 집에 보내 줄 것 같으면, 아무 데라도 가고 아무것을 시키더라도 하겠소."

"그러면 오늘이라도 인천으로 보내서 어용선을 타고 일본으로 가게 할 것이니, 내 집은 일본 대판(오사카)이라. 내 집에 가면 우리 마누라가 있는데, 아들도 없고 딸도 없으니 너를 보면 대단히 귀애할 것이니 너의 어머니로 알고 가서 있거라."

하면서 귀국하는 병상병(病傷兵)에게 부탁하여 일본 대판으로 보내니, 옥련이가 교군 바탕을 타고 인천까지 가서 인천서 유선을 타니, 등 뒤에는 부모 소식이 묘연하고 눈앞에는 타국 산천이 생소하다.

만일 용렬한 아이가 일곱 살에 난리 피난을 가다가 부모를 잃었으면 어미 아비만 생각하고 낯선 사람이 무슨 말을 물으면 눈물이 비죽비죽하고 주접이 덕지덕지하고 묻는 말에 대답도 시원히 못할 터이나, 옥련이는 어디 그러한 영리하고 숙성한 아이가 있던지 혼자 있을 때는 부모를 보고 싶은 마음에 죽을 듯하나 사람을 대할 때는 어찌 그리 천연하던지 부모 생각하는 기색이 조금도 없더라.

옥련의 얼굴은 옥을 깎아서 연지분으로 단장한 것 같다. 옥련의 부모가 옥련 이름 지을 때에 옥련의 모양과 같이 아름다운 이름을 짓고자 하여 내외 공론이 무수하였더라. 옥같이 희다 하여 옥이라고 부르는 사람은 옥련이 모친이요, 연꽃같이 번화하다 하여 연화라고 부르는 사람은 옥련의 부친이라. 그 아이 이름 짓던 날은 의논이 부산하다가 구화 담판(싸우던 나라가 사이좋게 지내게 됨) 되듯 옥 자, 련 자를 합하여 옥련이라 지은 이름이라.

부모 된 사람이 제 자식 귀애하는 마음에 혹 시꺼면 괴석 같은 것도 옥같이 보는 일도 있고 누렁퉁이나 호박꽃같이 생긴 것도 연꽃같이 보이는 일도 있기는 있지마는, 옥련이 같

은 아이는 옥련의 부모의 눈에만 그렇게 아름다운 것이 아니라 어떠한 사람이든지 칭찬 아니 하는 사람이 없고, 또 자식 없는 사람이 보면 빼앗아 갈 것같이 탐을 내서 하는 말에, 옥련이를 잡아가서 내 딸이 될 것 같으면 벌써 잡아갔겠다 하는 사람이 무수하였더라.

그리하던 옥련이가 부모를 잃고 만리타국으로 혼자 가니, 배 안에 들어 있는 사람들은 소일조로 옥련의 곁에 모여들어서 말 묻는 사람도 있고 조선말을 하지 못하는 사람들은 행중에서 과자를 내어 주니, 어린아이가 너무 괴롭고 성가실 만하련마는 옥련이는 천연할 뿐이라.

만리창해에 살같이 빠른 배가 인천에서 떠난 지 나흘 만에 대판에 다다르니, 대판에서 내릴 선객들은 각기 제 행장을 수습하여 삼판(항구 안에서 사람, 물건 등을 실어 나르는 중국식의 작은 배)에 내려가느라고 분요하나 옥련이는 행장도 없고 몸 하나뿐이라 혼자 가만히 앉았으니 어린 소견에도 별생각이 다 난다.

'남은 제 집 찾아가건마는 나는 뉘 집으로 가는 길인고. 남들은 일이 있어서 대판에 오는 길이거니와 나 혼자 일없이 타국에 가는 사람이라. 편지 한 장을 품에 끼고 가는 집이 뉘 집인고. 이 편지 볼 사람은 어떠한 사람이며 이내 몸 위하여 줄 사람은 어떠한 사람인가. 딸을 삼거든 딸 노릇 하고 종을

삼거든 종 노릇 하고 고생을 시키거든 고생도 참을 것이요,
공부를 시키거든 일시라도 놀지 않고 공부만 하여 볼까.'

이런 생각 저런 생각, 생각만 하느라고 시름없이 앉았더니,
평양서부터 동행하던 병정이 옥련이를 부르는데 말을 서로
알아듣지 못하는 고로 눈치로 알아듣고 따라 내려가니, 그 병
대는 평양 싸움에서 오른편 다리에 총을 맞고 옥련이와 같이
야전 병원에서 치료하던 사람인데, 철환이 신경맥을 상한 고
로 치료한 후에 그 다리가 불편하여 몽둥이에 의지하여 겨우
걸어 다니는지라.

그 병대는 앞에 서서 내려가는데 옥련이가 뒤에 서서 보다
가 하는 말이, 나도 다리에 총 맞았던 사람이라, 내가 만일
저 모양이 되었더라면 자결하여 죽는 것이 편하지 살아서 쓸
데 있나, 하는 소리를 옥련의 말 알아듣는 사람이 없으니 그
런 말은 못 듣는 것이 좋건마는 좋은 마디는 그뿐이라.

옥련이가 제일 답답한 것은 서로 말 모르는 것이라. 벙어
리 심부름하듯 옥련이가 병정 손짓하는 대로만 따라간다.

옥련의 눈에는 모두 처음 보는 것이라. 항구에는 배 돛대
가 삼대 들어서듯 하고, 저잣거리에는 2층, 3층 집이 구름 속
에 들어간 듯하고, 지네같이 기어가는 기차는 입으로 연기를
확확 뿜으면서 배에는 천동, 지동(지구의 공전과 자전)하듯 구르
며 풍우같이 달아난다. 넓고 곧은 길에 갔다 왔다 하는 인력

거 바퀴 소리에 정신이 없는데, 병정이 인력거 둘을 불러서 저도 타고 옥련이도 태우니 그 인력거들이 살같이 가는지라. 옥련이가 길에서 아장아장 걸을 때에는 인해 중에 넘어질까 조심되어 아무 생각이 없더니 인력거 위에 올라앉으매 새로이 생각만 난다.

'인력거야, 천천히 가고지고. 이 길만 다 가면 남의 집에 들어가서 밥도 얻어먹고 옷도 얻어 입고, 마음도 불안하고 몸도 불편할 터이로구나. 인력거야, 어서 바삐 가고지고. 궁금하고 알고자 하는 일은 어서 바삐 눈으로 보아야 시원하다. 가품 좋고 인정 있는 사람인지 집안에서 찬 기운 나고 사람에게서 독기가 뚝뚝 떨어지는 집이나 아닌지. 내 운수가 좋으려면 그 집 인심이 좋으련마는 조실부모하고 만리타국에 유리하는 내 운수에…….'

그러한 생각에 눈물이 비 오듯 하며 흑흑 느끼며 우는데 인력거는 벌써 정상(이노우에) 군의 집 앞에 와서 내려놓는데, 옥련이가 인력거 그치는 것을 보고 이것이 정상 군의 집인가 짐작하고 조심하는 마음에 작은 몸이 더욱 작아진 듯하다.

슬픈 생각도 한가한 때를 타서 나는 것이다. 눈물이 뚝 그치고 아니 나온다. 옥련이가 눈을 이리 씻고 저리 씻고 부산히 씻는 중에 앞에 섰던 인력거꾼이 무슨 소리를 지르매, 계집종이 나와서 문간방에 꿇어앉아서 공손히 말을 물으니 병정이 두어 말 하매 종이 안으로 들어가더니 다시 나와서 병정더러 들어오라 하니, 병정이 옥련이를 데리고 정상 군의 집 안으로 들어갔다.

병정은 정상 부인을 대하여 군의 소식을 전하고 옥련의 사기를 말하고 전지의 소경력을 이야기하는데, 옥련이는 정상 부인의 눈치만 본다. 부인의 나이가 서른이 될락 말락 하니 옥련의 모친과 정동갑이나 아닌지, 연기는 옥련의 모친과 그렇게 같으나 생긴 모양은 옥련의 모친과 반대만 되었다.

옥련의 모친은 눈에 애교가 있더라. 정상 부인은 눈에 살기만 들었더라. 옥련의 모친은 얼굴이 희고 도화색을 띠었더니 정상 부인의 얼굴이 희기는 하나 청기가 돈다. 얌전도 하고 쌀쌀도 한데, 군의의 편지를 받아 보면서 옥련이를 흘끔흘끔 보다가 병정더러 무슨 말도 하는 것은 옥련의 마음에는 모두 내 말 하거니 하고 단정히 앉았는데, 병정은 할 말 다 하였는지 작별하고 나가고 옥련이만 정상 군의의 집에 혼자 떨어져 있으니 새로이 생소하고 비편한 마음뿐이라.

"이 애, 설자(유키코)야, 나는 딸 하나 낳았다."

"아씨께서 자녀 간에 없이 고적하게 지내시더니 따님이 생겼으니 얼마나 좋으시니까. 그러나 오늘 낳으신 아기가 대단히 숙성하오이다."

"설자야, 네가 옥련이를 말도 가르치고 언문도 잘 가르쳐 주어라. 말을 알아듣거든 하루바삐 학교에 보내겠다."

"내가 작은아씨를 가르칠 자격이 되면 이 댁에 와서 종노릇 하고 있겠습니까."

"너더러 어려운 것을 가르쳐 주라는 것이 아니다. 심상소학교(일제 강점기에 초등 교육을 행하던 학교) 1년급 독본이나 가르쳐 주라는 말이다. 네 동생같이 알고 잘 가르쳐 다오. 말을 능통히 알기 전에는 집에서 네가 교사 노릇 하여라. 선생 겸 종 겸 어렵겠다. 월급이나 많이 받으려무나."

"월급은 더 바라지 아니하거니와 연회장 구경이나 자주 시켜 주시면 좋겠습니다."

"설자야, 우리 옥련이 데리고 잡점에 가서 옥련에게 맞는 부인 양복이나 사 가지고, 집에 가서 목욕이나 시키고 조선 복색을 벗기고 양복이나 입혀 보자."

정상 부인은 옥련이를 그렇게 귀애하나 말 못 알아듣는 옥련이는 정상 부인의 쓸쓸한 모습에 축기가 되어(기가 죽어) 고역 치르듯 따라다닌다.

말 못하는 개도 사람이 귀애하는 것을 알거든 하물며 사람이야. 아무리 어린아이기로 저를 사랑하는 눈치를 모를 리가 없는 고로 수일이 못 되어 옥련이가 옹그리고 자던 잠이 다리를 쭉 뻗고 잔다.

정상 부인은 날이 갈수록 옥련이를 귀애하고 옥련이는 날이 갈수록 정상 부인에게 따른다.

옥련의 총명 재질은 조선 역사에는 그러한 여자가 있다고 전한 일은 없으니, 조선 여편네는 안방 구석에 가두고 아무것도 가르치지 아니하였은즉, 옥련이 같은 총명이 있더라도 세상에서 몰랐든지 이렇든지 저렇든지 옥련이는 조선 여편네에게는 비할 곳 없더라.

옥련의 재질은 누가 듣든지 거짓말이라 하고 참말로는 듣지 아니한다. 일본 간 지 반년도 못 되어 일본 말을 어찌 그렇게 잘하던지, 정상 군의 집에 와서 보는 사람들이 옥련이를 일본 아이로 보고 조선 아이로는 보지를 아니한다. 정상 부인이 옥련이를 가리키며 저 아이가 조선 아이인데 조선서 온 지가 반년밖에 아니 된다 하는 말은 옥련이를 자랑코자 하여 하는 말이나 듣는 사람은 정상 부인의 농담으로 듣다가, 설자에게 자세한 말을 듣고 혀를 홰홰 내두르면서 칭찬하는 소리에 옥련이도 흥이 날만 하겠더라.

"호외(號外), 호외, 호외……."

라고 소리를 지르며 대판 저자 큰길로 달음박질하여 돌아다니는 사람들이 둘씩 셋씩 지나가니, 옥련이가 학교에 갔다 오는 길에 문을 열고 들어오면서,

"여보, 어머니, 저것이 무슨 소리요?"

"네가 온갖 것을 다 알아듣더니 호외는 모르는구나. 그러

나 무슨 큰일이 있는지 한 장 사 보자. 이 애, 설자야, 호외 한 장 사 오너라."

"네, 지금 가서 사 오겠습니다."

하면서 급히 나가니 옥련이가 달음박질하여 따라 나가면서, 이 애 설자야, 그 호외를 내가 사 오겠으니 돈을 이리 달라 하니, 설자가 웃으면서 하는 말이 누구든지 먼저 가는 사람이 호외를 산다 하고 달아나니 설자는 다리가 길고 옥련이는 다리가 짧은지라. 설자가 먼저 가서 호외 한 장을 사 가지고 오는 것을 옥련이가 붙들고 호외를 달라 하여 기어이 빼앗아 가지고 와서 하는 말이,

"어머니, 이 호외를 보고 나 좀 가르쳐 주오."

정상 부인이 웃으며 받아 보니 대판매일신문 호외라. 한 줄쯤 보고 깜짝 놀라더니 서너 줄쯤 보고 에그 소리를 하면서 호외를 던지고 아무 소리 없이 눈물이 비 오듯 한다.

"어머니, 어찌하여 호외를 보고 울으시오. 어머니, 어머니……."

부인은 대답 없이 눈물만 흘리니, 옥련이가 설자를 부르면서 눈에 눈물이 가랑가랑하니, 설자는 방문 밖에 앉았다가 부인의 낙루하는 것은 못 보고 옥련의 눈만 보고 하는 말이,

"작은아씨가 울기는 왜 울어, 갓 낳은 어린아이와 같이."

"설자야, 사람 조롱 말고 들어와서 호외 좀 보고 가르쳐 다

오. 어머니께서 호외를 보고 울으시니 호외에 무슨 말이 있는지 왜 울으시는지 자세히 보아라. 어서 어서."

"아씨, 호외에 무슨 일이 있습니까. 아씨께서만 보셨으면 좀 보겠습니다."

설자가 호외를 들고 보다가 쌩긋 웃더니 그 아래는 자세히 보지 아니하고 하는 말이,

"아씨, 이것 좀 보십시오. 요동반도(랴오둥 반도)가 함락이 되었습니다. 아씨, 우리 일본은 싸움할 적마다 이기니 좋지 아니하옵니까? 에그, 우리 나라 군사가 이렇게 많이 죽었나? 아씨, 이를 어찌하나. 우리 댁 영감께서 돌아가셨네. 만국 공법(萬國公法)에 전시에서 적십자기 세운 데는 위태치 아니하다더니 영감께서는 군의시언마는 돌아가셨으니 웬일이오니까."

"무엇, 아버지가 돌아가셨어……."

옥련이는 소리쳐 울고 부인은 소리 없이 눈물만 떨어지고 설자는 부인을 쳐다보며 비죽비죽 우니 온 집안이 울음 빛이라. 호외 한 장이 온 집안의 화기를 끊어 버렸더라. 정상 군의는 인간의 다시 오지 못하는 길을 가고, 정상 부인은 찬 베개 빈방에서 적적히 세월을 보내더라.

조선 풍속 같으면 청상과부가 시집가지 아니하는 것을 가장 잘난 일로 알고 일평생을 근심 중으로 지내나, 그러한 도

덕상의 죄가 되는 악한 풍속은 문명한 나라에는 없는 고로 젊어서 과부가 되면 시집가는 것은 천하만국에 부끄러운 일이 아니라. 정상 부인이 어진 남편을 얻어 시집을 간다.

"이 애, 옥련아, 내가 젊은 터에 평생을 혼자 살 수 없고 시집을 가려 하는데 너를 거두어 줄 사람이 없으니 그것이 불쌍한 일이로구나……."

옥련의 마음에는 정상 부인이 시집가는 곳에 부인을 따라가고 싶으나 부인이 데리고 가지 아니할 말을 하니, 옥련이는 새로이 평양성 밑 모란봉 아래서 부모를 잃고 발을 구르며 울던 때 마음이 별안간에 다시 난다. 옥련이가 부인의 무릎 위에 푹 엎디며 목이 메어 하는 말이,

"어머니, 어머니가 가시면 나는 누구를 믿고 사나."

"오냐, 나는 죽은 셈만 치려무나."

"어머니 죽으면 나도 같이 죽지."

그 소리 한마디에 부인 가슴이 답답하여 무슨 생각을 하고 있더라. 그때 부인이 중매인더러 말하기를 내 한 몸뿐이라 하였는데 남편 될 사람도 그리 알고 있으니 이제 새로이 딸 하나 있다 하기도 어렵고, 옥련이가 따르는 모양을 보니 차마 떼치기도 어려운 마음이 생긴다.

"이 애, 옥련아, 울지 마라. 내가 시집가지 아니하면 그만이로구나. 내가 이 집에서 네 공부나 시키고 있다가 십 년 후

에는 네게 의지하겠으니 공부나 잘하여라."

"어머니가 참 시집 아니 가고 집에 있어서 날 공부 시켜 주시겠소?"

"오냐, 염려 마라. 어린아이더러 거짓말하겠느냐."

옥련이가 그 말을 듣고 기쁜 마음을 이기지 못하여 여인의 무릎 위에 앉아서 뺨을 대고 어리광을 하더라. 그 후부터 옥련이가 부인을 따르는 마음이 더욱 간절하여 학교에 가면 집에 돌아오고 싶은 마음만 있다가, 하학 시간이 되면 달음박질하여 집에 와서 부인에게 안겨 어리광을 한다.

그 어리광이 며칠 못 되어 눈치꾸러기가 된다. 부인이 처음에는 옥련의 어리광을 잘 받더니 무슨 까닭인지 옥련이가 어리광을 피우면 핀잔만 주고 찬 기운이 돈다. 날이 갈수록 옥련이가 고생길로 들고 근심 중으로 지낸다.

본래 부인이 시집가려 할 때에 옥련의 사정이 불쌍하여 중지하였으나 젊은 부인이 공방에서 고적한 마음이 있을 때마다 옥련이가 미운 마음이 생긴다. 어디서 얻어 온 자식 말고 제 속으로 나온 자식일지라도 귀치 아니한 생각이 날로 더하는 모양이라.

옥련이가 부인에게 귀염 받을 때에는 문밖에 나가기를 싫어하더니, 부인에게 미움 받기 시작하더니 문밖에 나가면 들어오기를 싫어하더라.

부인이 옥련이를 귀애할 때에는 옥련이가 어디 가서 늦게 오면 문에 의지하여 기다리더니, 옥련이를 미워하는 마음이 생기더니 옥련이가 오는 것을 보면,

"에그, 저 원수의 것이 무슨 연분이 있어서 내 집에 왔나!"

하면서 눈살을 아드득 찌푸리더라. 옥련이가 앉아도 그 눈살 밑, 서도 그 눈살 밑, 밥을 먹어도 그 눈살 밑, 잠을 자도 그 눈살 밑, 눈살 밑에서 자라나는 옥련이가 눈치만 늘고 눈물만 흔하더라.

하루가 삼추(三秋, 세 차례의 가을, 긴 세월) 같은 그 세월이 3년이 되었는데 옥련이는 심상소학교 입학한 지 4년이라. 옥련이가 졸업식을 당하여 학교에서 우등생이 된 고로 사람마다 칭찬하는 소리가 옥련의 귀에는 조금도 기뻐 들리지 아니한다. 기뻐 들리지 아니할 뿐 아니라 귀가 아프고 듣기 싫더라. 듣기 싫은 중에 더욱 듣기 싫은 소리가 있으니 무슨 소리런가.

"저 아이는 정상 군의의 양녀지. 군의는 요동반도 함락될 때에 죽었다지. 그 부인은 그 양녀 옥련이를 불쌍히 여겨서 시집도 아니 가고 있다지. 에그, 갸륵한 부인일세. 저 철없는 옥련이가 그 은혜를 다 알는지. 알기는 무엇을 알아. 남의 자식이라는 것이 쓸데없나니 참 갸륵한 일일세. 정상 부인이 남의 자식을 길러 공부를 시키려고 젊은 터에 시집을 아니 가고 있으니 드문 일이지."

졸업식에 모인 사람들이 옥련이 재주 있는 것을 추다가 옥련의 의모(義母) 되는 부인의 칭찬을 시작하더니, 받고 차기로 말이 끊어지지 아니하니 옥련이는 그 소리를 들을 적마다 남모르는 설움이 생기더라.

옥련이가 집에 돌아와서 문 열고 들어오면서,

"어머니, 나는 졸업장 맡았소."

"이제는 공부 다 하였으니 어미를 먹여 살려라. 공부를 네가 한 듯하냐? 내가 시키지 아니하였으면 공부가 다 무엇이냐. 네가 조선서 자랐으면 곧 공부하는 구경도 못하였을 것이다. 네 운수 좋으려고 일청 전쟁이 난 것이다. 네 운수는 좋았으나 내 운수만 글렀다. 너 하나 공부 시키려고 허구한 세월에 이 고생을 하고 있다."

부인이 덕색(남에게 조금 고마운 일을 하고 그것을 자랑하는 말이나 태도)의 말을 퍼부으니 옥련이가 고개를 숙이고 가만히 생각한즉, 겨우 소학교 졸업한 계집아이가 제 힘으로는 정상 부인을 공양할 수도 없고 정상 부인의 힘을 또 입으면서 공부하기도 싫고, 한 가지 생각만 난다. 이 세상을 얼른 버려 정상 부인의 눈에 보이지 말고 하루바삐 황천에 가서 난리 중에 죽은 부모를 만나리라 결심하고 천연한 모양으로 부인에게 좋은 말로 대답하고, 그날 밤에 물에 빠져 죽을 차로 대판 항구로 나가다가 항구에 사람이 많은 고로 사람 없는 곳을 찾아간다.

어스름 달밤은 가깝게 있는 사람을 알아볼 만한데, 이리 가도 사람이고 저리로 가도 사람이라. 옥련이가 동으로 가다가 돌쳐서서(돌아서서) 서쪽으로 향하다가 도로 돌쳐서서 머뭇머뭇하는 모양이 대단히 수상한지라.

등 뒤에서 웬 사람이 이 애, 이 애, 부르는데 돌아다본즉 순검이라. 옥련이가 소스라쳐 놀라 얼른 대답을 못하니 순검이 더욱 의심이 나서 앞에 와 서서 말을 묻는다. 옥련이가 대답할 말이 없어서 억지로 꾸며 대답하되, 권공장(간코바, 이십 세기 초 상인들이 한 건물 안에서 여러 가지 상품을 팔던 판매장)에 무엇을 사러 나왔다가 집을 잃고 찾아다닌다 하니, 순검이 다시 의심 없이 옥련의 집 통수를 묻더니 옥련이를 데리고 옥련의 집에 와서 정상 부인에게 옥련이가 집 잃었던 사기를 말하니, 부인이 순검에게 사례하여 작별하고 옥련이를 방으로 불러 앉히고 말을 묻는다.

"이 애, 네가 무슨 일이 있어서 이 밤중에 항구에 나갔더냐. 미친 사람이 아니어든 동으로 가다 서로 가다 남으로 북으로 온 대판을 헤매더라 하니 무엇하러 나갔더냐. 너 같은 딸 두었다가 망신하기 쉽겠다. 신문거리만 되겠다."

그러한 꾸지람을 눈이 빠지도록 듣고 있으나 옥련이는 한번 정한 마음이 있는 고로 설움이 더할 것도 없고 내일 밤 되기만 기다린다.

그날 밤에 부인은 과부 설움으로 잠이 들지 못하여 누웠다가 일어나서 껐던 불을 다시 켜고 소설 한 권을 보다가 그 책을 놓고 우두커니 앉아서 무슨 생각을 하는 모양이라. 윗목에서 상직(집안에 살면서 시중을 듦) 잠자던 노파가 벌떡 일어나더니 하는 말이,

"아씨, 왜 주무시다가 일어나셨습니까?"

"팔자 사납고 근심 많은 사람이 잠이 잘 오나."

"아씨께서 팔자 한탄하실 것이 무엇 있습니까. 지금도 좋은 도리를 하시면 좋아질 것이올시다. 이때까지 혼자 고생하신 것도 작은아씨 하나를 위하여 그리하신 것이 아니오니까."

"글쎄 말일세. 남의 자식을 위하여 이 고생을 하고 있는 내가 병신이지."

"그러하거든 작은아씨가 아씨를 고마운 줄이나 알면 좋지마는, 고마워하기는 고사하고 아씨 보면 곁눈질만 살살 하고 아씨를 진저리를 내는 모양이올시다."

"글쎄 말일세. 내가 저 하나를 위하여 가려 하던 시집도 아니 가고 3년, 4년을 이 고생을 하고 있으니 아무리 어린것일지라도 나를 고마운 줄 알 터인데 고것이 그리 발칙하게 구네그려. 오늘 밤 일로 말하더라도 이상한 일이 아닌가. 어린것이 이 밤중에 무엇하러 항구에를 나갔단 말인가. 물에나 빠

져 죽으려고 갔던지 모르겠지마는, 내가 제게 무엇을 그리 몹시 굴어서 제가 설운 마음 있어 죽으려 하였단 말인가. 아무리 생각하여도 모를 일일세. 만일 죽고 보면 세상 사람들이 내가 구박이나 한 줄로 알겠지. 그런 못된 것이 있나."

"죽기는 무엇을 죽어요? 죽을 터이면 남 못 보는 곳에 가서 죽지. 이리 가다가 저리 가다가 대판 바닥을 다 다니다가 순검의 눈에 띄겠습니까. 아씨의 몹쓸 흠만 드러낼 마음으로 그리한 것이올시다. 아씨께서는 고생만 하시고 댁에 계셔도 쓸데없습니다. 아씨께서 가시려면 진작 가셔야지, 한 나이라도 젊으셨을 때에 가셔야 합니다. 할미는 나이 오십이 되고 머리가 희뜩희뜩하여 생각하면 어느 틈에 나이를 이렇게 먹었던지, 세월같이 무정하고 덧없는 것은 없습니다."

"남도 저렇게 늙었으니 낸들 아니 늙고 평생에 이 모양으로만 있겠나. 어디든지 내 몸 하나 가서 고생 아니할 곳이 있으면 내일이라도 가고 모레라도 가겠다."

부인과 노파는 옥련이가 잠이 든 줄 알고 하는 말인지, 잠이 들었든지 아니 들었든지 말을 듣든지 말든지 관계없이 하는 말인지, 부인이 옥련이를 버리고 시집가기로 결심하고 하는 말이라.

옥련이는 그날 밤에 물에 빠져 죽으려 나갔다가 죽지도 못하고 순검에게 붙들려 들어와서 정상 부인 앞에서 잠을 자는데, 소리를 삼키고 눈물을 흘리다가 정신이 혼혼하여 잠이 잠깐 들었는데 일몽을 얻었더라.

옥련이가 죽으려고 평양 대동강으로 찾아 나가는데 걸음이 걸리지 아니하여 대동강이 보이면서 갈 수가 없어서 애를 무수히 쓰는데 홀연히 등 뒤에서 옥련아, 옥련아 부르는 소리가 들리거늘 돌아다보니 옥련의 어머니라. 별로 반가운 줄도 모르고 하는 말이, '어머니는 어디로 가시오? 나는 오늘 물에 빠져 죽으러 나왔소.' 하니 옥련의 모친이 하는 말이, '이 애, 죽지 마라. 너의 아버지께서 너 보고 싶다 하는 편지를 하셨더라.' 하는데 말끝을 마치지 못하여, 정상 부인의 앞에서 노파가 자다가 일어나면서,

"아씨, 왜 주무시다가 일어났습니까?"

하는 소리에 옥련이가 잠이 깨었는데, 그 잠이 다시 들어서 그 꿈을 이어 꾸었으면 좋겠다 하는 생각을 하나, 정상 부인과 노파가 받고 치기로 옥련이 말만 하니 정신이 번쩍 나고 잠이 다 달아나서 그 꿈을 이어 보지 못할지라.

불빛을 등지고 드러누웠는데 귀에 들리나니 가슴 아픈 소리라. 노파가 부인의 마음 좋도록만 말하니, 부인은 하룻밤 내에 노파와 어찌 그리 정이 들었던지 노파더러 하는 말이,

"여보게, 내가 어디로 가든지 자네는 데리고 갈 터이니 그리 알고 있으라."

하니 노파의 대답이,

"아씨께서 가실 것은 무에 있습니까. 서방님이 이 댁에로 오시지요. 아씨는 시집간다 하지 말고 서방님이 장가오신다 합시오. 아씨께서 재물도 있고 이러한 좋은 집도 있으니 서방님 되시는 이가 재물은 있든지 없든지 마음만 착하시면 좋겠습니다. 작은아씨는 어디로 쫓아 보내시면 그만이지요. 할미는 죽기 전에 아씨만 모시고 있겠으니 구박이나 맙시오."

부인이 할미더러 포도주 한 병을 가져오라 하면서 하는 말이,

"자네 말을 들으니 내 속이 시원하고 내 근심이 다 어디로 가는지 모르겠네. 내가 아무리 무정한들 자네 구박이야 하겠나. 술이나 먹고 잠이나 자세."

하더니 포도주 한 병을 둘이 다 따라 먹고 드러눕더니 부인과 노파가 잠이 깊이 드는 모양이더라. 자명종은 새로 3시를 땅땅 치는데 노파의 코 고는 소리는 반자를 울린다. 옥련이가 일어나서 드러누운 노파를 흘겨보며,

"이 몹쓸 늙은 여우야, 사람을 몇이나 잡아먹고 이때까지 살았느냐. 나는 너 보기 싫어 급히 죽겠다. 너는 저 모양으로 백 년만 더 살아라."

하더니 다시 머리 들어 정상 부인을 보며,

"내 몸을 낳은 사람은 평양 아버지 평양 어머니요, 내 몸을

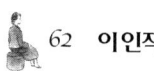

살려서 기른 사람은 정상 아버지와 대판 어머니라. 내 팔자 기박하여 난리 중에 부모 잃고 내 운수 불길하여 전쟁 중에 정상 아버지가 돌아가니, 어리고 약한 이내 몸이 만리타국에서 대판 어머니만 믿고 살았소. 내 몸이 어머니의 그러한 은혜를 입었는데 내 몸을 인연하여 어머니 근심되고 어머니 고생되면 그것은 옥련의 죄올시다. 옥련이가 살아서는 어머니 은혜를 갚을 수가 없소. 하루바삐 한시바삐, 바삐 죽었으면 어머니에게 걱정되지 아니하고 내 근심도 잊겠소. 어머니, 나는 가오. 부디 근심 말고 지내시오."

하면서 눈물이 비 오듯 하다가 한참 진정하여 일어나더니 문을 열고 나가니 가려는 길은 황천이라.

항구에 다다르니 넓고 깊은 바닷물은 하늘에 닿은 듯한데, 옥련이 가는 곳은 저 길이라. 옥련이가 그 물을 바라보고 하는 말이,

"오냐, 반갑다. 오던 길로 도로 가는구나. 일청 전쟁이 일어났을 때에 그 전쟁은 우리 집에서 혼자 당한 듯이 내 부모는 죽은 곳도 모르고, 내 몸에는 총을 맞아 죽게 된 것을 정상 군의 손에 목숨이 도로 살아나서 어용선을 타고 저 바다로 건너왔구나. 오기는 물 위의 길로 왔거니와 가기는 물속 길로 가리로다. 내 몸이 저 물에 빠지거든 이 물에서 썩지 말고 물결, 바람결에 몸이 둥둥 떠서 신호(일본 오사카 부근의 항

구 도시 코베), 마관(시모노세키) 지나가서 대마도 앞으로 조선 해협 바라보며 살같이 빨리 가서 진남포로 들어가서 대동강 하류에서 역류하여 올라가면 평양 북문을 볼 것이니 이 몸이 썩더라도 대동강에서 썩고지고. 물아, 부탁하자. 나는 너를 쫓아간다."

하는 소리에 바닷물은 대답하는 듯이 물소리가 솟아 쳐서 천하가 다 물소리 속에 있는 것 같은지라. 옥련이가 정신이 아뜩하여 푹 고꾸라졌다. 섧고 원통한 맺힌 마음에 기색을 하였다가 그 기운이 조금 돌면서 그대로 잠이 들이 또 꿈을 꾸었더라.

뒤에서 '옥련아, 옥련아.' 부르는 소리만 들리고 사람은 보이지 아니하는데 옥련의 마음에는 옥련의 어머니라. '이 애, 죽지 말고 다시 한 번 만나 보자.' 하는 소리에 옥련이가 대답하려고 말을 냅뜨려 한즉 소리가 나오지 아니하여 애를 쓰다가, 소리를 버럭 지르면서 옥련이가 정신이 나서 눈을 떠보니 하늘의 별은 총총하고 물소리는 그윽한지라.

기색을 하였던지 잠이 들었던지 정신이 황홀하다. 옥련이가 다시 생각하되 내가 오늘 밤에 꿈을 두 번이나 꾸었는데 우리 어머니가 나더러 죽지 말라 하였으니, 우리 어머니가 살아 있는지 의심이 나서 마음을 진정하여 고쳐 생각한다.

'어머니가 이 세상에 살아 있어서 평생에 내 얼굴 한 번 보

고자 하는 마음으로 하늘이 감동되고 귀신이 돌아보아 내 꿈에 현몽하니 내가 죽으면 부모에게 불효라. 고생이 되더라도 참는 것이 옳은 일이요, 근심이 있더라도 잊어버리는 것이 옳은 일이라. 오냐, 일곱 살부터 지금까지 고생으로 살았으니 죽지 말고 살았다가 부모의 얼굴이나 한 번 다시 보고 죽으리라.'

하고 돌쳐서서 대판으로 다시 들어가니 그때는 날이 새려 하는 때라, 걸음을 바삐 걸어 정상 군의 집 앞에 가서 들어가지 아니하고 가만히 들은즉 노파의 목소리가 들리는지라.

"작은아씨가 어디 갔습니까?"

"응, 무엇이야. 나는 한잠에 내쳐 자고 이제야 깨었네. 옥련이가 어디로 가. 뒷간에 갔는지 불러 보게."

"내가 지금 뒷간에 다녀오는 길이올시다. 안으로 걸었던 대문이 열렸으니 밖으로 나간 것이올시다."

하는 소리에 옥련이가 들어갈 수 없어서 도로 돌쳐서서 갈 곳이 없는지라. 정한 마음 없이 정거장으로 나가니, 그때 일번 기차에 떠나려 하는 행인들이 정거장으로 모여드는지라. 옥련의 마음에 동경이나 가고 싶으나 동경까지 갈 기차표 살 돈은 없고 다만 이십 전이 있는지라. 옥련이가 대판만 떠나서 어디든지 가면 남의 집에 봉공(나라나 사회를 위해 일하는 것, 여기에서는 하녀 노릇을 뜻함)하고 있을 터이라 결심하고 자목 정거장까지 가는 기차표를 사서 1번 기차를 타니, 3등차에 사람이 너무 많이 들어서 옥련이가 앉을 곳을 얻지 못하고 섰는데 등 뒤에서 웬 서생이 조선말로 혼자 중얼중얼하는 말이,

"웬 계집아이가 남의 앞에 와 섰다."

하는 소리에 옥련이가 돌아다보다 나이 십칠팔 세 되고 얼굴은 볕에 그을려 익은 복숭아 같고 코는 우뚝 서고 눈은 만판 정신기 있는데, 입기는 양복을 입었으나 양복은 처음 입은 사람같이 서툴러 보이는지라. 옥련이기 돌이디보는 것을 보더니 또 조선말로 혼자 하는 말이,

"그 계집아이 똑똑하다. 재주 있겠다. 우리 나라 계집아이 같으면 저러한 것들이 판판히 놀겠지. 여기서는 저런 것들도 모두 공부를 한다 하니 저것은 무엇하는 계집아이인지."

그러한 소리를 곁의 사람이 아무도 못 알아들으나 옥련의 귀에는 알아들을 뿐이 아니라 대판 온 지 몇 해 만에 고국 말소리를 처음 듣는지라. 반갑기가 측량없으나 계집아이 마음이라 먼저 말하기도 부끄러운 생각이 있어서 말을 못하고 옥련이도 혼잣말로 서생의 귀에 들리도록 하는 말이,

"어디 가 좀 앉을 곳이 있어야지. 서서 갈 수가 있나."

하는 소리에 뒤에 있던 서생이 이상히 여겨서 하는 말이,

"그 아이가 조선 사람인가, 나는 일본 계집아이로 보았더

니 조선말을 하네?"

하더니 서슴시 아니하고 말을 묻는다.

"이 애, 네가 조선 사람이 아니냐."

"네, 조선 사람이오."

"그러면 몇 살에 와서 몇 해가 되었느냐?"

"일곱 살에 와서 지금 열한 살이 되었소."

"와서 무엇하였느냐?"

"심상소학교에서 공부하고 어제가 졸업식 하던 날이오."

"너는 나보다 낫구나. 나는 이제 공부하러 미국으로 가려 하는데 말도 다르고 글도 다른 미국을 가면 글자 한 자 모르고 말 한마디 모르는 사람이 어찌 고생을 할는지. 너는 일본에 온 지가 4, 5년이 되었다 하니 이제는 고생을 다 면하였겠구나. 어린아이가 공부하러 여기까지 왔으니 참 갸륵한 노릇이다."

"당초에 공부할 마음으로 왔으면 칭찬을 들어도 부끄럽지 아니하겠으나 운수 불행하여 고생길로 여기까지 왔으니 칭찬을 들어도……."

하면서 목이 메는 소리로 눈에 눈물이 가랑가랑하여 고개를 살짝 수그린다.

서생이 물끄러미 보고 서로 아무 말이 없는데, 정거장 호각 한 소리에 기차 화통에서 흑운 같은 연기를 훅훅 내뿜으면서 기차가 달아난다.

옥련의 마음에 자목 정거장에 가면 내려야 할 터인데, 어떠한 집에 가서 어떠한 고생을 할지 앞의 길이 망연한지라. 옥련이가 가고자 하는 길을 갈 지경이면 자목 가는 동안이 대단히 더딘 듯하련마는, 기차표로 자목 외에는 더 갈 수 없는 고로 싫어도 내릴 곳이라. 형세 좋게 달아나는 기차의 서슬은 오늘 해전에 하늘 밑까지 갈 듯한데, 자목 정거장이 멀지 아니하다.

"이 애, 네가 어디까지 가는지 서서 가면 다리가 아파 가겠느냐?"

"자목까지 가서 내릴 터이오."

"자목에 아는 사람이 있느냐?"

"없어요."

"그러면 자목은 왜 가느냐?"

옥련이가 수건으로 눈을 씻고 대답을 아니하는데, 서생이 말을 더 묻고 싶으나 곁의 사람들이 옥련이와 서생을 유심히 보는지라. 서생이 시치미를 떼고 창밖으로 고개를 돌려 먼 산을 바라보나 정신은 옥련의 눈물 나는 눈에만 있더라.

빠르던 기차가 천천히 가다가 딱 멈추면서 반동되어 뒤로 물러나니, 섰던 옥련이가 넘어지며 손으로 서생의 다리를 잡으니 공교히 서생 다리의 신경맥을 짚은지라. 그때 서생은 창

밖만 보고 앉았다가 입을 딱 벌리면서 깜짝 놀라 돌아다보니, 옥련이가 무심중에 일본 말로 실례라 하나 그 서생은 일본 말을 모르는 고로 알아듣지 못하나 외양으로 가엾어 하는 줄로 알고 그 대답은 없이 좋은 얼굴빛으로 딴 말을 한다.

"네 오는 곳이 이 정거장이냐?"

하던 차에 장거수(전차 차장)가 돌아다니면서 자목 자목, 자목 자목, 자목 자목이라 소리를 지르며 문을 여니 옥련이는 어린 몸에 일본 풍속에 젖은 아이라 서생을 향하여 허리를 굽히며 일본 말로 작별 인사하면서 기차에서 내려가니, 구름같이 내려가는 행인 중에 나막신 소리뿐이라.

서생은 정신이 얼떨한데 옥련이 가는 모습을 보고자 하여 창밖을 내다보니 사람에 섞이어서 보이지 아니하는지라. 서생이 가방을 들고 옥련이를 쫓아 나가다가 정거장 나가는 어귀에서 만난지라. 옥련이가 이상히 보면서 말없이 나가니 서생도 또한 아무 말 없이 따라 나가더라.

옥련이가 정거장 밖으로 나가더니 갈 바를 알지 못하여 우두커니 섰거늘, 벌어먹기에 눈에 돈 동록(구리의 표면에 녹이 슬어 생기는 푸른빛의 물질이나 여기에서는 독으로 쓰임)이 앉은 인력거꾼은 옥련의 뒤를 따라가며 인력거를 타라 하니, 돈 없고 갈 곳 모르는 옥련이는 거들떠보지도 아니하고 섰다.

"이 애, 내가 네게 청할 일이 있다. 나는 일본에 처음으로 오는 사람이라 네게 물어볼 일이 있으니, 주막으로 잠깐 들어갔으면 좋겠으니 네 생각에 어떠하냐."

"그러면 저기 여인숙이 있으니 잠깐 들어가서 할 말을 하시오."

하면서 앞서 가니, 자목에 처음 오기는 서생이나 옥련이나 일반이건마는 옥련이는 자목에 몇 번이나 와서 본 사람과 같이 익달한 모양으로 여인숙으로 들어가더라.

여인숙 하인이 3층집 제일 높은 방으로 인도하고 내려가니, 서생은 모두 처음 보는 것이라. 정신이 황홀하여 옥련이 만난 것을 다행히 여긴다.

"이 애, 내가 여기만 와도 이렇듯 답답하니 미국에 가면 오죽하겠느냐. 너는 타국에 와서 오래 있었으니 별 물정 다 알겠구나. 우선 네게 좀 배울 것도 많거니와 만리타국에서 뜻밖에 만났으니 서로 있는 곳이나 알고 헤지자. 나는 공부하고자 하는 마음으로 부모도 모르게 미국에 갈 차로 나섰더니 불과 여기를 와서 이렇듯 답답한 생각만 나니 어찌하면 좋을지 모르겠다."

하는 소리에 옥련이는 심상한 고국 사람을 만난 것 같지 아니하고 친부모나 친형제를 만난 것 같다. 모란봉 아래서 발을 구르고 울던 일부터 대판 항구에서 물에 빠져 죽으려던 일까지 낱낱이 말한다.

"그러면 우리 둘이 미국으로 건너가서 공부나 하고 있다가 너의 부모 소식을 듣거든 네 먼저 고국으로 가게 하여 주마."

"……."

"오냐, 학비는 염려 마라. 우리가 나라의 백성 되었다가 공부도 못하고 야만을 면치 못하면 살아서 쓸데 있느냐. 너는 일청 전쟁을 너 혼자 당한 듯이 알고 있나 보다마는, 우리 나라 사람이 누가 당하지 아니한 일이냐. 제 곳에 아니 나고 제 눈에 못 보았다고 태평성세로 아는 사람들은 밥벌레라. 사람이 밥벌레가 되어 세상을 모르고 지내면 몇 해 후에는 우리 나라에서 일청전쟁 같은 난리를 당할 것이라. 하루바삐 공부하여 우리 나라의 부인 교육은 네가 맡아 문명 길을 열어 주어라."

하는 소리에 옥련이 첩첩한 근심이 씻은 듯이 다 없어졌는지라. 그 길로 횡빈(요코하마)까지 가서 배를 타니, 태평양 넓은 물에 마름같이 떠서 화살같이 밤낮없이 달아나는 화륜선이 3주일 만에 상항(샌프란시스코)에 이르러 닻을 주니 이곳부터 미국이라.

조선서 낮이 되면 미국에는 밤이 되고 미국에서 밤이 되면 조선서는 낮이 되어 주야가 상반되는 별천지라. 산도 설고 물도 설고 사람도 처음 보는 인물이라. 키 크고 코 높고 노랑머리 흰 살빛에,그 사람들이 도덕심이 배가 툭 처지도록 들었더라도 옥련의 눈에는 무섭게만 보인다.

서생과 옥련이가 육지에 내려서 갈 바를 알지 못하여 공론이 부산하다.

"이 애 옥련아, 네가 영어를 할 줄 아느냐? 조금도 모르느냐? 한마디도……. 그러면 참 딱한 일이로구나. 어디인지 물어볼 수가 없구나."

4, 5층 되는 높은 집은 구름 속 하늘 밑에 닿은 듯한데, 물 끓듯 하는 사람들이 돌아들고 돌아 나는 모양은 주막집 같은 곳도 많이 보이나 언어를 통치 못하는 고로 어린 서생들이 어찌하면 좋을지 알지 못하여, 옥련이가 지향 없이 사람들을 대하여 일어로 무슨 말을 물으니, 서생의 마음에는 옥련이가 영어를 조금 알면서 겸사로 모른다 한 줄로 알고, 알아듣지도 못하는 소리를 바싹 들어서서 듣는다.

옥련의 키로 둘을 포개 세워도 치어다볼 듯한 키 큰 부인이 얼굴에는 새그물 같은 것을 쓰고, 무 밑동같이 깨끗한 어린아이를 앞세우고 지나가다가 옥련의 말하는 소리 듣고 무엇이라 대답하는지, 서생과 옥련의 귀에는 바바……, 하는 소리 같고 말하는 소리 같지는 아니한지라. 그 부인이 뒤에 호로고투(프록코트) 입은 남자를 돌아보면서 또 바바바……, 하니 그 남자는 청국 말을 하는 양인이라. 청국 말로 무슨 말을 하는데 서생과 옥련의 귀에는 '또바' 하는 소리 같고 말

소리 같지 아니하다. 서생은 옥련이가 그 말을 알아들은 줄
로 알고,

"이 애, 그것이 무슨 말이냐."

"……."

"그 남자의 말도 못 알아들었느냐……."

그렇듯 곤란하던 차에 청인 노동자 한 패가 지나거늘 서생
이 쫓아가서 필담(글로 써서 묻고 대답함)하기를 청하니, 그 노
동자 중에는 한문자 아는 사람이 없는지 손으로 눈을 가리더
니 그 손을 다시 들어 홰홰 내젓는 모양이 무식하여 글자를
못 알아본다 하는 눈치다.

그때 마침 어떠한 청인이 햇빛에 윤이 질질 흐르는 비단옷
을 입고 마차를 타고 풍우같이 달려가는데, 서생이 그 청인
을 가리키며 옥련이더러 하는 말이, 저러한 청인은 무식할 리
가 만무하다 하면서 소리를 버럭 지르니, 마차 탄 사람은 그
소리를 들었으나 차 메고 달아나는 말은 그 소리 듣고 아니
듣고 간에 네 굽을 모아 달아나는데 서생의 소리가 다시 마
차에 들릴 수 없는지라.

마차 탄 청인이 차부더러 마차를 멈추라 하더니 선뜻 뛰어
내려서 서생의 앞으로 향하여 오니, 서생이 연필을 가지고 무
엇을 쓰려 하는데, 청인이 옥련이 옷을 본즉 일복이라 일본
사람으로 알고 옥련에게 향하여 일어로 말을 물으니, 옥련이

가 기쁜 마음을 이기지 못하여 청인 앞으로 와서 말 대답을 하는데 서생은 연필을 멈추고 섰더라.

원래 그 청인은 일본에 잠시 유람한 사람이라 일본 말을 한두 마디 알아들으나 장황한 수작은 못하는지라. 옥련이가 첩첩한 말이 나올수록 그 청인의 귀에는 점점 알아들을 수 없고 다만 조선 사람이라 하는 소리만 알아들은지라.

청인이 다시 서생을 향하여 필담으로 대강 사정을 듣고 명함 한 장을 내더니 어떠한 청인에게 부탁하는 말 몇 마디를 써서 주는데, 그 명함을 본즉 청국개혁당의 유명한 강유위(캉유웨이. 중국의 학자 · 정치가. 청조 말기 변법 개혁을 꾀하였음)라. 그 명함을 전할 곳은 일어도 잘하는 청인인데, 다년 상항에 있던 사람이라. 그 사람의 주선으로 서생과 옥련이가 미국 화성돈(워싱턴)에 가서 청인 학도들과 같이 학교에 들어가서 공부를 하고 있더라.

옥련이가 미국 화성돈에 다섯 해를 있어서 하루도 학교에 아니 가는 날이 없이 다니며 공부를 하는데, 재주 있고 부지런한 사람으로 그 학교 여학생 중에는 제일 칭찬을 듣는지라.

그때 옥련이가 고등소학교에서 졸업 우등생으로 옥련의 이름과 옥련의 사적이 화성돈 신문에 났는데, 그 신문을 보고 이상히 기뻐하는 사람 하나 있는데, 어찌 그렇게 기쁘던지 부지중 눈물이 쏟아진다. 기쁜 마음을 이기지 못하여 도리어 의심을 낸다. 의심 중에 혼잣말로 중얼중얼한다.

"조선 사람의 일을 영서로 번역한 것이라 혹 번역이 잘못되었나. 내가 미국에 온 지가 십 년이나 되었으나 영문에 서툴러서 보기를 잘못 보았나."

그렇게 다심하게 생각하는 사람의 성명은 김관일인데, 그 딸의 이름이 옥련이라. 일청 전쟁 났을 때에 그 딸의 사생을 모르고 미국에 왔는데, 그때 화성돈 신문에는 옥련이의 학교 성적과 평양 사람으로 일곱 살에 일본 대판 가서 심상소학교 졸업하고 그 길로 미국 화성돈에 와서 고등소학교에서 졸업하였다 한 간단한 말이라.

김씨가 분명히 자기의 딸이라고는 질언(사실을 있는 대로 딱 잘라 말함)할 수 없으나, 옥련이라 하는 이름과 평양 사람이라는 말과 일곱 살에 집 떠났다 하는 말은 김관일의 마음에 정녕 내 딸이라고 생각 아니할 수도 없는지라. 김씨가 그 학교에 찾아가니, 그때는 그 학교에서 졸업식 후의 서중(여름) 휴학이라 학교에 아무도 없는 고로 물을 곳이 없는지라, 김씨가 옥련을 만나지 못하고 돌아왔더라.

옥련이가 졸업하던 날에 학교 졸업장을 가지고 호텔로 돌아가니 주인은 치하하면서 옥련의 얼굴빛을 이상히 보더라.

옥련이가 수심이 첩첩한 모양으로 저녁 요리도 먹지 아니하고 서산에 떨어지는 해를 치어다보며 탄식하더라.

그때 마침 밖에 손이 와서 찾는다 하는데, 명함을 받아 보더니 옥련이가 얼굴빛을 천연히 고치고 손을 들어오라 하니, 그 손이 보이를 따라 들어오거늘 옥련이가 선뜻 일어나며 그 사람의 손을 잡아 인사하고 테이블 앞에서 마주 향하여 의자에 걸터앉으니, 그 손은 옥련이와 일본 대판서에서 동행하던 서생인데 그 이름은 구완서라.

　"네 졸업을 감축한다. 허허, 계집의 재주가 사나이보다 나은 것이로구나. 너는 미국 온 지 1년 만에 영어를 대강 알아듣고 학교에까지 들어가서 금년에 졸업을 하였는데, 나는 미국 온 지 두 해 만에 중학교에 들어가서 내년에 졸업이라. 네게는 백기를 들고 항복 아니할 수가 없다."

　옥련이가 대답을 하는데 일본에서 자라난 사람이라 말을 하여도 일본 말투가 많더라.

　"내가 그대의 은혜를 받아서 오늘 이렇게 공부를 하였으니 심히 고맙소."

　하니 일본 풍속에 젖은 옥련이는 제 습관으로 말하거니와, 구씨는 조선서 자란 사람이라 조선 풍속으로 옥련이가 아이인 고로 해라를 하다가 생각한즉 저도 또한 아이라.

　"허허허, 우리가 조선 사람인즉 조선 풍속대로만 주작하자. 우리 처음 볼 때에 네가 나이 어린 고로 내가 해라를 하였더니 지금은 나이 열여섯 살이 되어 저렇게 체대(體大)하니 해라하기가 서먹서먹하구나."

"조선 풍속대로 말하자 하시면서 아이를 보고 해라하시기가 서먹서먹하셔요?"

"허허허, 요절할 일도 많다. 나도 지금까지 장가를 아니 든 아이라 아이는 일반이니 너도 나보고 해라하는 것이 좋은 일이니 숫접게(순박하게) 너도 나더러 해라하여라. 그리하면 내가 너더러 해라하더라도 불안한 마음이 없겠다."

"그대는 부인이 계신 줄로 알았더니……. 미국에 오실 때 열일곱 살이라 하셨으니 조선같이 혼인을 일찍 하는 나라에서 어찌하여 그때까지 장가를 아니 들으셨소?"

"너는 나더러 종시 해라 소리를 아니 하니 나도 마주 하오를 할 일이로구, 허허허. 그러나 말대답은 아니 하고 딴소리만 하여서 대단히 실례하였다. 내가 우리 나라에 있을 때에 우리 부모가 내 나이 열두서너 살부터 장가를 들이려 하는 것을 내가 마다하였다. 우리 나라 사람들이 조혼하는 것이 옳은 일이 아니라 나는 언제든지 공부하여 학문 지식이 넉넉한 후에 아내도 학문 있는 사람을 구하여 장가들겠다. 학문도 없고 지식도 없고 입에서 젖내가 모랑모랑 나는 것을 장가들이면 짐승의 자웅같이 아무것도 모르고 음양배합의 낙만 알 것이라. 그런고로 우리 나라 사람들이 짐승같이 제 몸이나 알고 제 계집, 제 새끼나 알고 나라를 위하기는 고사하고, 나라 재물을 도둑질하여 먹으려고 눈이 벌겋게 뒤집혀서 돌아다니는 것이 다 어려서 학문을 배우지 못한 연고라.

우리가 이 같은 문명한 세상에 나서 나라에 유익하고 사회에 명예 있는 큰 사업을 하자 하는 목적으로 만리타국에 와서 쇠공이를 갈아 바늘 만드는 성력(誠力)을 가지고 공부하여 남과 같은 학문과 남과 같은 지식이 나날이 달라 가는 이때에, 장가를 들어서 색계상에 정신을 허비하면 유지한 대장부가 아니다. 이 애 옥련아, 그렇지 아니하냐?"

구씨의 활발한 말 한마디에 옥련의 근심하던 마음이 풀어져서 웃으며,

"저러한 의논을 들으면 내 속이 시원하오. 혼자 있을 때는 참……"

말을 멈추고 구씨를 치어다보는데, 구씨가 옥련의 근심 있는 기색을 언뜻 짐작하였으나 구씨는 본래 활발한 사람이라, 시계를 내어 보더니 선뜻 일어나며 작별 인사하고 저벅저벅 내려가는데, 옥련이는 의구히 의자에 걸터앉아서 먼 산을 보며 잊었던 근심을 다시 한다.

한숨을 쉬고 혼자 신세타령을 하며 옛일도 생각하고 앞일도 걱정하는데 뜻을 정치 못한다.

"어— 세월도 쉽구나. 일본서 미국으로 건너오던 날이 어제 같구나. 내가 일본 대판 있을 때에 심상소학교 졸업하던

날은 하룻밤에 두 번을 죽으려고 하였더니 오늘 또 어떠한 팔자 사나운 일이나 없을는지. 내가 죽기가 싫어서 죽지 아니한 것도 아니요, 공부하고자 하여 이곳에 온 것도 아니라.

대판항에서 죽기로 결심하고 물에 떨어지려 할 때에 한 되는 마음으로 꿈이 되어 그랬던지, 우리 어머니가 나더러 죽지 말라 하시던 소리가 아무리 꿈일지라도 역력하기가 생시 같은 고로 슬픈 마음을 진정하고 이 목숨이 다시 살아나서 넓은 천지에 붙일 곳이 없는지라. 지향 없이 동경 가는 기차를 다고 가다가 친우신조(天佑神助)하여 고국 사람을 민나시 일동일정(一動一靜, 모든 동작)을 남에게 신세를 지고 오늘까지 있었으니 허구한 세월을 남의 덕만 바랄 수는 없고, 만일 그 신세를 아니 지을 지경이면 하루 한시라도 여비를 어찌 써서 있을 수도 없으니 어찌하여야 좋을는지…….

우리 부모는 세상에 살아 있는지, 부모의 사생도 모르니 헐헐한 이 한 몸이 받아 있은들 무엇하리오. 차라리 대판서 죽었더면 이 근심을 몰랐을 것인데 어찌하여 살았던가. 사람의 일평생이 이렇듯 근심만 할진대 죽어 모르는 것이 제일이라. 그러나 지금 여기서는 죽으려 해도 죽을 수도 없구나. 내가 죽으면 구씨는 나를 대단히 그르게 여길 터이라. 구씨의 태산 같은 은혜를 입고 그 은혜를 갚지 못하고 죽으면 남의 은혜를 저버리는 것이라 어찌하면 좋을꼬."

그렇듯 탄식하고 그 밤에 의자에 앉은 채로 새우다가 정신이 혼혼하여 잠이 들며 꿈을 꾸었더라.

꿈에는 8월 추석인데, 평양성 중에서 1년 제일가는 명절이라고 와글와글하는 중이라. 아이들은 추석빔으로 새 옷을 입고 떡 조각, 실과 개(과일 몇 개)를 배가 툭 터지도록 먹고 어깨로 숨을 쉬는 것들이 가로도 뛰고 세로도 뛴다.

어른들은 이 세상이 웬 세상이냐 하도록 술 먹고 주정을 하면서 한길을 쓸어 지나가고, 거문고 줄 양금채는 꾀꼬리 소리 같은 여청 시조를 어울려서 이 골목 저 골목, 이 사랑 저 사랑에서 어디든지 그 소리 없는 곳이 없다. 성중이 그렇게 흥치로 지내는데 옥련이는 꿈에도 흥치가 없고 비창한 마음으로 부모 산소에 다니러 간다.

북문 밖에 나가서 모란봉에 올라가니 고려장(늙고 병든 사람을 산 채로 광중에 두었다가 죽으면 그곳에 매장하였다고 함)같이 큰 쌍분이 있는데, 옥련이가 묘 앞으로 가서 앉으며 허리춤에서 능금 두 개를 집어내며 하는 말이,

"여보, 어머니. 이렇게 큰 능금 구경하셨소? 내가 미국서 나올 때에 사 가지고 왔소. 한 개는 아버지 드리고 한 개는 어머니 잡수시오."

하면서 묘 앞에 하나씩 놓으니 홀연히 쌍분은 간곳없고 송장 둘이 일어앉아서 그 능금을 먹는데, 본래 살은 다 썩고 뼈

만 앙상한 송장이라. 능금을 먹다가 위아래 이가 모짝 빠져서 앞에 떨어지는데 박씨 말려 늘어놓은 것 같은지라. 옥련이가 무서운 생각이 더럭 나서 소리를 지르다가 가위를 눌렸더라.

그때 날이 새어서 다 밝은 후라. 이웃 방에 있는 여학생이 일어나서 뒷간으로 내려가는 길에 옥련의 방 앞으로 지나다가 옥련의 가위 눌리는 소리를 들었으나 남의 방에 함부로 들어갈 수는 없고 망단한 마음에 급히 전기 초인종을 누르니 보이가 오는지라. 여학생이 보이를 보고 옥련의 방을 가리키며 이 방문서 괴상한 소리가 난다 하니, 보이가 옥련의 방문을 여는데 문소리에 옥련이가 잠을 깨어 본즉 남가일몽이라.

무서운 꿈을 깰 때는 시원한 생각이 있더니, 다시 생각하니 비창한 마음을 이기지 못하여 탄식하는 소리가 무심중에 나온다.

"꿈이란 것은 무엇인고. 꿈을 믿어야 옳은가. 믿을 지경이면 어젯밤 꿈은 우리 부모가 다 이 세상에는 아니 계신 꿈이로구나. 꿈을 아니 믿어야 옳은가. 아니 믿을진대 대판서 꿈을 꾸고 부모가 생존하신 줄로 알고 있던 일이 허사로구나. 꿈이 맞아도 내게는 불행한 일이요, 꿈이 맞지 아니하여도 내게는 불행한 일이라.

그러나 다시 생각하여 보니 꿈은 정녕 허사라. 우리 아버지는 난리 중에 돌아가셨으니 가령 친척이 있더라도 송장 찾을 수가 없는 터이라. 더구나 사고무친(의지할 만한 사람이 아무도 없음)한 우리 집에 목숨이 붙어 살아 있는 것은 그때 일곱 살 먹은 불효의 딸 옥련이뿐이라. 우리 아버지 송장 찾을 사람이 누가 있으리오. 모란봉 저녁볕에 훌훌 날아드는 까마귀가 긴 창자를 물어다가 고목나무 높은 가지에 척척 걸어 놓은 것은 전쟁에서 죽은 송장의 창자라. 세상에 어떠한 고마운 사람이 있어서 우리 아버지 송장을 찾아다가 고려장같이 기구 있게 장사를 지낼 수가 있으리오.

우리 어머니는 대동강 물에 빠져 죽으려고 벽상에 영결서를 써서 붙인 것을 평양 야전 병원의 통변이 낙루를 하며 그 글을 읽어서 내 귀에 들려주던 일이 어제같이 생각이 나면서, 대판항에서 꿈을 꾸고 우리 어머니가 혹 살아서 이 세상에 있을까 하는 생각이 다 쓸데없는 생각이라. 우리 어머니는 정녕히 물에 빠져 돌아가신 것이라. 대동강 흐르는 물에 고기밥이 되었을 것이니 어찌 모란봉에 그처럼 기구 있게 장사를 지냈으리오.”

옥련이가 부모 생각은 아주 단념하기로 작정하고 제 신세는 운수 되어 가는 대로 두고 보리라 하고 정신을 가다듬어 공부하던 책을 내어 놓고 마음을 붙이니, 2, 3일 지낸 후에는 다시 서책에 착미가 되었더라.

하루는 보이가 신문지 한 장을 가지고 옥련의 방으로 오더니, 그 신문을 옥련의 앞에 펼쳐 놓고 보이의 손가락이 신문지 광고를 가리킨다. 옥련이가 그 광고를 보다가 깜짝 놀라서 눈물이 펑펑 쏟아지면서 얼굴은 발개지고 웃음 반 눈물 반이라.

옥련이가 좋은 마음에 띄어서 광고를 끝까지 다 보지 못하고 우두커니 앉았다가 또 광고를 본다. 옥련의 마음에 다시 의심이 난다. 일전 꿈에 모란봉에 가서 우리 부모 산소에 갔던 일이 그것이 꿈인가. 오늘 신문지의 광고를 보는 것이 꿈인가. 한 번은 영어로 보고 한 번은 조선말로 보다가 필경은 한문과 조선 언문을 섞어 번역하여 놓고 보더라.

광 고

지나간 열사흘날 황색신문 잡보에 한국 여학생 김옥련이가 아무 학교 졸업 우등생이라는 기사가 있기로 그 유하는 호텔을 알고자 하여 이에 광고하오니, 누구시든지 옥련의 유하는 호텔을 이 고백인에게 알려 주시면 상당한 금으로 십 류(미국 돈 십 원)를 앙정할 사.

한국 평안도 평양인 김관일 고백

헌수……

의심 없는 옥련의 부친이 한 광고라.

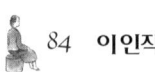

"여보, 보이. 이 신문을 가지고 날 따라가면 우리 부친이 십 류의 상금을 줄 것이니 지금으로 갑시다."

"내가 상금 탈 공은 없으니 상금은 원치 아니하나 귀양을 배행하여 가서 부녀 서로 만나 기뻐하시는 모습을 보면 나도 이 호텔에서 몇 해간 귀양을 모시고 있는 정분에 귀양을 따라 기뻐하고자 합니다."

옥련이가 그 말을 듣고 더욱 기뻐하여 보이를 데리고 그 부친 있는 처소를 찾아가니 십 년 풍상에 서로 환형이 된지라, 서로 보고 서로 알아보지 못할 지경이라. 옥련이가 신문 광고와 명함 한 장을 가지고 그 부친 앞으로 가서 남에게 처음 인사하듯 대단히 서어(익숙지 아니하여 서름서름함)한 인사를 하다가 서로 분명한 말을 듣더니, 일곱 살에 응석하던 마음이 새로이 나서 부친의 무릎 위에 얼굴을 푹 숙이고 소리 없이 우는데, 김관일의 눈물은 옥련의 머리 뒤에 떨어지고 옥련의 눈물은 그 부친의 무릎을 적신다.

"이 애, 옥련아, 그만 일어나서 너의 어머니 편지나 보아라."

"응, 어머니 편지라니, 어머니가 살았소?"

무슨 변이나 난 듯이 깜짝 놀라는 모양으로 고개를 번쩍 드는데, 그 부친은 제 눈물 씻을 생각은 아니 하고 수건을 가지고 옥련의 눈물을 씻으니, 옥련이가 그리 어려졌던지 부친이 눈물 씻어 주는데 고개를 디밀고 있더라. 김관일이가 가방을 열더니 휴지 뭉치를 내어 놓고 뒤적뒤적하다가 편지 한 장을 집어 주며 하는 말이,

"이 애, 이 편지를 자세히 보아라. 이 편지가 제일 먼저 온 편지다."

옥련이가 그 편지를 받아 보니, 옥련이가 그 모친의 글씨를 모르는지라. 가령 옥련이가 정신이 좋으면 그 모친의 얼굴은 생각할는지 모르거니와, 옥련이 일곱 살에 언문도 모를 때에 모친을 떠났는지라. 지금 그 편지를 보며 하는 말이,

"나는 우리 어머니 글씨도 모르지. 어머니 글씨가 이렇던가."

하면서 부친의 앞에 펼쳐 놓고 본다.

상장

떠나신 지 3삭이 못 되었으나 평양에 계시던 일은 전생 일 같삽. 만리타국에서 수토불복(물이나 풍토가 맞지 않아 위장이 나빠짐)이나 되시지 아니하고 기운 평안하시온지 궁금하옵기 측량없삽나이다. 이곳의 지낸 풍상은 말씀하기 신신치 아니하오나 대강 소식이나 알으시도록 말씀하옵나이다. 옥련이는 어디 가서 죽었는지 다시 소식이 묘연하고, 이곳은 죽기로 결심하여 대동강 물에 빠졌더니 뱃사공과 고장팔에게

건진 바 되어 살았다가, 부산서 이곳 친정아버님이 평양에 오셔서 사랑께서 미국 가셨다는 말씀을 전하여 주시니 그 후부터 마음을 붙여 살아 있삽. 세월이 어서 가서 고국에 돌아오시기만 기다리옵나이다.

그러나 사랑께서는 몇십 년을 아니 오시더라도 이 세상에 계신 줄을 알고 있사오니 위로가 되오나 옥련이는 만나 보려 하면 황천에 가기 전에는 못 볼 터이오니, 그것이 한 되는 일이압. 말씀 무궁하오나 이만 그치옵나다.'

옥련이가 그 편지를 보고 뼈가 녹는 듯하고 몸이 스러지는 듯하여 가만히 앉았다가,

"아버지, 나를 내일이라도 우리 집으로 보내 주시오. 날개가 돋쳤으면 지금이라도 날아가서 우리 어머니 얼굴을 보고 우리 어머니 한을 풀어 드리고 싶소."

"네가 고국에 가기가 그리 바쁠 것이 아니라 우선 네가 고생하던 이야기나 어서 좀 하여라. 네가 어떻게 살아났으며 어찌 여기를 왔느냐?"

옥련이가 얼굴빛을 천연히 하고 고쳐 앉더니 모란봉에서 총 맞고 야전 병원으로 가던 일과, 정상 군의의 집에 가던 일과, 대판 학교에서 졸업하던 일과, 불행한 사기로 대판을 떠나던 일과, 동경 가는 기차를 타고 구완서를 만나서 절처봉

생(극도로 궁박한 끝에 살길이 생김)하던 일을 낱낱이 말하고 눈물이 도니, 그 눈물은 부모의 정에 관계한 눈물도 아니요, 제 신세 생각하는 눈물도 아니요, 구완서의 은혜를 생각하는 눈물이라.

"아버지, 아버지께서 나 같은 불효의 딸을 만나 보시고 기쁘신 마음이 있거든 구씨를 찾아보시고 치사의 말씀을 하여 주시면 좋겠습니다."

김관일이가 그 말을 듣더니 그 길로 옥련이를 데리고 구씨가 유하는 처소로 찾아가니, 구씨는 김관일을 만나 보매 옥련의 부친을 본 것 같지 아니하고 제 부친이나 만난 듯이 반가운 마음이 있으니, 그 마음은 옥련의 기뻐하는 마음이 내마음 기쁜 것이나 다름없는 데서 나오는 마음이요, 김씨는 구씨를 보고 내 딸 옥련을 만나 본 것이나 다름없이 반가우니, 그 두 사람의 마음이 그러할 일이라.

김씨가 구씨를 대하여 하는 말이 간단한 두 마디뿐이라. 한 마디는 옥련이가 신세 지은 치사요, 한 마디는 구씨가 고국에 돌아간 뒤에 옥련으로 하여금 구씨의 기치를 받들고 백년 가약 맺기를 원하는지라.

구씨는 본래 활발하고 거칠 것이 없이 수작하는 사람이라 옥련이를 물끄러미 보더니,

"이 애, 옥련아, 어 — 실체(실례)하였군. 남의 집 처녀더러

또 해라하였구나. 우리가 입으로 조선말은 하더라도 마음에는 서양 문명한 풍속이 젖었으니, 우리는 혼인을 하여도 서양 사람과 같이 부모의 명령을 좇을 것이 아니라 우리가 서로 부부 될 마음이 있으면 서로 직접 말하는 것이 옳은 일이다. 우선 말부터 영어로 수작하자. 조선말로 하면 입에 익은 말로 외짝해라 하기 불안하다."

하면서 구씨가 영어로 말을 하는데, 구씨의 학문은 옥련이보다 대단히 높으나 영어는 옥련이가 구씨의 선생 노릇이라도 할 만한 터이라. 그러나 구씨는 서투른 영어로 수작을 하는데 옥련이는 조선말로 단정히 대답하더라.

김관일은 딸의 혼인 언론을 하다가 구씨가 서양 풍속으로 직접 이야기하자 하는 서슬에 옥련의 혼인 언약에 좌지우지할 권리가 없이 가만히 앉았더라.

옥련이는 조선 계집아이이나 학문도 있고 개명한 생각도 있고 동서양으로 다니면서 문견이 높은지라 서슴지 아니하고 혼인에 대해 대답을 하는데, 구씨의 소청이 있으니 소청인즉, 옥련이가 구씨와 같이 몇 해든지 공부를 더 힘써 하여 학문이 유여한 후에 고국에 돌아가서 결혼하고 옥련이는 조선 부인 교육을 맡아 하기를 청하는 유지한 말이라.

옥련이가 구씨의 권하는 말을 듣고 조선 부인 교육할 마음이 간절하여 구씨와 혼인 언약을 맺으니, 구씨의 목적은 공

부를 힘써 하여 귀국한 뒤에 우리 나라를 독일국같이 연방도
(연방국)를 삼되 일본과 만주를 한데 합하여 문명한 강국을 만
들고자 하는 비사맥(비스마르크) 같은 마음이요, 옥련이는 공
부를 힘써 하여 귀국한 뒤에 우리 나라 부인의 지식을 넓혀
서 남자에게 압제받지 말고 남자와 동등 권리를 찾게 하며,
또 부인도 나라에 유익한 백성이 되고 사회상에 명예 있는 사
람이 되도록 교육할 마음이라.

세상에 제 목적을 제가 자기하는 것같이 즐거운 일은 다시
없는지라. 구완서와 옥련이가 나이 어려서 외국에 간 사람들
이라. 조선 사람이 이렇게 야만 되고 이렇게 용렬한 줄을 모
르고, 구씨든지 옥련이든지 조선에 돌아오는 날은 조선도 유
지한 사람이 많이 있어서 학문 있고 지식 있는 사람의 말을
듣고 이를 찬성하여 구씨도 목적대로 되고 옥련이도 제 목적
대로 조선 부인이 일제히 내 교육을 받아서 낱낱이 나와 같
은 학문 있는 사람들이 많이 생기려니 생각하고, 일변으로 기
쁜 마음을 이기지 못하는 것은 제 나라 형편 모르고 외국에
유학한 소년 학생 의기에서 나오는 마음이라.

구씨와 옥련이가 그 목적대로 되든지 못 되든지 그것은 후
의 일이거니와, 그날은 두 사람의 마음에는 혼인 언약의 좋
은 마음은 오히려 둘째가 되니 옥련 낙지(태어난) 이후에는 이
러한 즐거운 마음이 처음이라.

김관일은 옥련을 만나 보고 구완서를 사윗감으로 정하고, 구씨와 옥련의 목적이 그렇듯 기이한 말을 들으니 김씨의 좋은 마음도 측량할 수 없는지라.

미국 화성돈의 어떠한 호텔에서는 옥련의 부녀와 구씨가 솥발같이 늘어앉아서 그렇듯 희희낙락한데, 세상이 고르지 못하여 조선 평양성 북문 안에 게딱지같이 낮은 집에서 서른 전부터 남편 없고 자녀 간에 혈육 없고 재물 없이 지내는 부인이 있으되, 십 년 풍상에 남보다 많은 것 한 가지가 있으니, 그 많은 것은 근심이라.

그 부인이 남편이 죽고 없느냐 할 지경이면 죽지도 아니한 터이라. 죽고 없는 터이면 단념하고 생각이나 아니 하련마는 6만 리를 이별하여 망부석이 될 듯한 정경이요, 자녀 간에 혈육이 없는 것은 생산을 못하였느냐 물을진대 딸 하나를 두고 아들 겸 딸 겸하여 금옥같이 귀애하다가 일곱 살 되던 해에 잃었더라.

눈앞에서 참척을 보았느냐 물을진대 그 부인은 말없이 눈물만 흘리더라. 눈앞에 보이는 데서나 죽었으면 한이나 없으련마는 어디서 죽었는지 알지도 못하니 그것이 한이더라.

마침 까마귀 한 마리가 지붕 위에 내려앉더니 까막까막 깍깍 짖는 소리가 흉측하게 들리거늘, 부인이 감았던 눈을 떠

서 장팔 어미를 보며 하는 말이,

"여보게, 저 까마귀 소리 좀 들어 보게. 또 무슨 흉한 일이 생기려나베. 까마귀는 영물이라는데 무슨 일이 또 있을는지 모르겠네. 팔자 기박한 여편네가 오래 살았다가 험한 일을 더 보지 말고 오늘이라도 죽었으면 좋겠네. 요사이는 미국서 편지도 아니 오니 웬일인고."

기운 없는 목소리로 설움 없이 탄식하는 모양은 아무가 보든지 좋은 마음은 아니 날 터인데, 늙고 청승스러운 장팔 어미가 부인의 그 모양을 보고 부인이 죽으면 따라 죽을 듯한 마음도 있고, 까마귀를 쳐 죽이고 싶은 마음도 생겨서 마당으로 펄펄 뛰어 내려가 지붕 위를 쳐다보면서 까마귀에게 헛팔매질을 하며 욕을 한다.

"수여 ― 이 경칠 놈의 까마귀, 포수들은 다 어디로 갔노. 소금 장수 ― 네미."

조선 풍속에 까마귀 보고 하는 욕은 장팔 어미가 모르는 것 없이 주워섬기며 소리를 버럭버럭 지르니, 그 까마귀가 펄쩍 날아 공중에 높이 뜨더니 깍깍 지르며 모란봉으로 향하거늘, 부인의 눈은 까마귀를 따라서 모란봉으로 가고 노파의 욕하는 소리는 까마귀 소리를 따라간다.

'우' 자 쓴 벙거지 쓰고 감장 홀태바지 저고리 입고 가죽 주머니 메고 문밖에 와서 안중문을 기웃기웃하며, 편지 받아 들여가오, 편지 받아 들여가오, 두세 번 소리하는 것은 우편 군사라. 장팔의 어미가 까마귀에게 열이 잔뜩 났던 차에 어떠한 사람인지 자세히 듣지도 아니하고 질부 등가리(아궁이 불을 옮길 때 부삽 대신 쓰는 오지그릇이나 질그릇 조각) 깨지는 소리 같은 목소리로 우편 군사에게 까닭 없는 화풀이를 한다.

"웬 사람이 남의 집 안마당을 함부로 들여다보아! 이 댁에는 사랑 양반도 아니 계신 댁인데 웬 젊은 녀석이 양반의 댁 안마당을 들여다보아?"

"여보, 누구더러 이 녀석 저 녀석 히오? 채전부는 그리 만만한 줄로 아오? 어디 말 좀 하여 봅시다. 이리 좀 나오시오. 나는 편지 전하러 온 것 외에는 아무것도 잘못한 것 없소."

"여보게, 할멈. 자네가 누구와 그렇게 싸우나. 우체사령이 편지를 가지고 왔다 하니 미국서 서방님이 편지를 부치셨나베. 어서 받아 들여오게."

"옳지, 우체사령이로구나. 늙은 사람이 눈 어두워서……. 어서 편지나 이리 주오, 아씨께 갖다 드리게."

우체사령이 처음에 노파가 소리를 지를 때에는 늙은 사람 망령으로 알고 말을 예사로 하다 노파가 잘못한 줄을 깨닫고 말하는 눈치를 보더니 그때는 우체사령이 목을 쓰고 대든다.

"이런 제미……. 내가 채전부 다니다가 이런 꼴은 처음 보앉네. 남더러 무슨 턱으로 욕을 하오. 내가 아무리 바빠도 말 좀 물어보고 갈 터이오."

하면서 소리를 버럭버럭 지르고 대들며 편지 달라 하는 말은 대답도 아니 하니, 평양 사람의 싸움하러 대드는 서슬은 금방 죽어도 몸을 아끼지 아니하는 성정이라.

노파가 까마귀에게 화풀이할 때 같으면 우체사령에게 몸부림을 하고 죽어도 그 화가 풀어지지 아니할 터이나 미국서 편지 왔다 하는 소리에 그 화가 다 풀어졌더라. 그 화만 풀어질 뿐이 아니라 우체사령의 떼거리까지 받고 있는데, 부인은 어서 바삐 편지 볼 마음이 있어서 내외하기도 잊었던지 중문간에로 뛰어나가서 노파를 꾸짖고 우체사령을 달래고, 옥련의 묘에 가지고 가려 하던 술과 실과를 내어다 먹인다.

우체사령이 금방 살인할 듯하던 위인이 노파더러 할머니 할머니 하며 풀어지는데, 그 집에서 부리던 하인과 같이 친숙하더라. 노파가 편지를 받아서 부인에게 드리니, 부인이 그 편지를 들고 겉봉 쓴 것을 보더니 깜짝 놀라서 의심을 한다.

"아씨, 무엇을 그리 하십니까?"

"응, 가만히 있게."

"서방님께서 부치신 편지오니까?"

"아닐세."

"그러면 부산서 주사 나리께서 하신 편지오니까?"

"아니."

"에그, 어서 말씀 좀 시원히 하여 주십시오."

"처음 보는 글씨일세."

본래 옥련이가 일곱 살에 부모를 떠났는데 그때는 언문 한 자 모를 때라. 그 후에 일본 가서 심상소학교 졸업까지 하였으나 조선 언문은 구경도 못하였더니, 그 후에 구완서와 같이 미국 갈 때에 태평양을 건너가는 동안에 구완서가 가르친 언문이라 옥련의 모친이 어찌 옥련의 글씨를 알아보리오. 부인이 편지를 받아 보니 겉면에는,

'한국 평안 남도 평양부 북문 내 김관일 실내 친전.'

한편에는,

'미국 화성돈……, 호텔 옥련 상사리.'

진서 글자는 부인이 한 자도 알아보지 못하고 다만 '옥련 상사리'라 한 글자만 알아보았으나 글씨도 모르는 글씨요, 옥련이라 한 것은 볼수록 의심만 난다.

"여보게, 할멈. 이 편지 가지고 왔던 우체사령이 벌써 갔나. 이 편지가 정녕 우리 집에 오는 것인지 자세히 물어보았더라면 좋을 뻔하였네."

"왜 거기 쓰이지 아니하였습니까?"

"한 편은 진서요, 한 편에는 진서도 있고 언문도 있는데, 진서는 무엇인지 모르겠고 언문에는 옥련 상사리라 쓰여 있

으니 이상한 일도 있네. 세상에 옥련이라 하는 이름이 또 있는지 옥련이라 하는 이름이 또 있더라도 내게 편지할 만한 사람도 없는데……."

"그러면 작은아씨의 편지인가 보이다."

"에그, 꿈같은 소리도 하네. 죽은 옥련이가 내게 편지를 어찌하여……."

하면서 또 한숨을 쉬더니 얼굴에 처량한 빛이 다시 난다.

"아씨, 아씨. 두 말씀 말고 그 편지를 뜯어보십시오."

부인이 홧김에 편지를 박박 뜯어보니 옥련의 편지라. 모란봉에서 지낸 일부터 미국 화성돈 호텔에서 옥련의 부녀가 상봉하여 그 모친의 편지 보던 모양까지 그린 듯이 자세히 한 편지라. 그 편지 부쳤던 날은 광무 6년 음력 7월 십일 일인데 부인이 그 편지 받아 보던 날은 임인년 음력 8월 십오 일이러라.

부산 절영도 밖에 하늘 밑까지 툭 터진 듯한 망망대해에 시커먼 연기를 무럭무럭 일으키며 부산항을 향하고 살같이 들어 닫는 것은 화륜선이다. 오륙도, 절영도 두 틈으로 두 좁은 어구로 들어오는데 반속력 배질을 하며 화통에 소리가 하늘 당나귀가 내려와 우는지, 웅장한 그 소리 한마디에 부산 초량이 들썩들썩한다. 물건을 들이고 내는 운수 회사도 그 화통 소리에 귀를 기울이고 사람을 보내고 맞아들이는 여인숙에서도 그 화통 소리에 귀를 기울이는데, 화륜선 닻이 뚝 떨어져서 삼판 배가 벌 떼같이 드러난다.

부산 객주에 첫째나 둘째 집에는 최 주사 집 서기 보는 소년이 큰사랑 미닫이를 열며,

"여보시오, 최 사장. 진남포에서 배 들어왔습니다. 우리 짐도 이 배편에 왔을 터이니 사람을 보내 보아야 하겠습니다."

최 주사는 낮잠을 자다가 화륜선 화통 소리에 잠이 깨어 일어앉아서 무슨 생각을 하고 있던 디이라. 시기의 말을 들은 체 만 체하고 앉았다가 긴치 않은 말대답하듯,

"날더러 물을 것 무엇 있나. 자네가 알아서 할 일이지."

소년은 서기 방으로 가고 최 주사는 큰사랑에 혼자 앉았더라. 최 주사는 몇 해 동안에 재물이 불 일어나는 듯 느끼는데 그 재물이 늘수록 최 주사의 심회가 산란하다. 재물을 모을 때는 욕심에 취하여 두 눈이 빨개져서 날뛰더니, 재물을 많이 모아 놓고 보니 재물이 그리 귀할 것이 없는 줄로 생각이라. 빈 담뱃대 딱딱 떨어 물고 물부리를 두어 번 확확 내불어 보더니 지네발 같은 평양 엽초 한 대를 담아 붙여 물고 담배 연기를 혹혹 내불면서 무슨 생각을 하다가 혼잣말로 탄식이라.

"재물, 재물, 재물이 좋기는 좋지만 제 생전에 먹고 입고

지낼 만하면 그만이지. 그것은 그리 많아 쓸데 있나. 몸 괴로운 줄 모르고 마음 괴로운 줄 모르고 재물만 모으려고 기를 버럭 쓰는 것은 어리석은 일이야. 흥, 어리석은 것도 아니야, 환장한 사람이지. 풀 끝에 이슬 같은 이 몸이 죽은 후에 그 재물이 어찌 될지 누가 알 바 있나. 적막한 북망산에 돈이 와서 일곡이나 하고 갈까. 흥, 가소로운 일이로고.

내 나이 육십여 세라. 인생 칠십 고래희라 하였으니 내가 칠십을 살더라도 이 앞에 7, 8년 동안뿐이로구나.

아들은 양자.

딸은 저 모양.

어 — 내 팔자도 기박하고.

옥련이나 살았더라면 김집(김씨한테 시집간 딸)이 마음을 붙였을 터인데, 그런 불쌍한 일이 있나. 오냐, 그만두어라. 집 안일을 잘 되나 못 되나 서기에게 맡겨 두고 평양 가서 딸도 보고 미국 가서 사위나 만나 보고 오겠다.”

마침 문간이 들썩들썩하더니 무슨 별일이나 있는 듯이 계집종들이 참새 떼 재잘거리듯 지껄이며 사랑 마당으로 올라 들어오는데, 최 주사는 혼자 중얼거리고 앉아서 귀에 달은 소리는 아니 들어오던지 내다보지도 아니한다.

마루 위에서 신 벗는 소리가 나더니 사랑 지게문을 펄쩍 열며,

"아버지, 나 왔소."

하며 들어오는데 최 주사가 정신이 번쩍 나서 쳐다보니 딸이라.

"이 애, 이것이 꿈이냐. 네가 어찌 여기를 왔느냐?"

"내가 날개 돋쳐 내려왔소."

하며 어린아이 응석하듯 웃으며 나오는 모습이 얼굴에 화기가 돈다. 최 주사는 꿈에라도 그 딸을 만나 보면 근심하는 얼굴만 보이더니 상시에 저러한 얼굴빛을 보고 최 주사 얼굴에도 화기가 돈다.

"이 애, 참 별일이다. 네가 오기는 뜻밖이로구나. 여편네가 십 리 길이 어려운 처지인데 천오백 리 길에 네가 어찌 혼자 왔단 말이냐?"

"옥련이 같은 어린 계집아이도 육만 리나 되는 미국을 갔는데 내가 이까짓 데를 못 와요. 진남포로 내려와서 화륜선을 타고 왔소. 아버지, 나는 개화하였소. 이 길로 미국에나 들어가서 옥련이나 만나 보고 옥련의 남편 될 사람도 내 눈으로 좀 자세히 보고 오겠소. 아버지, 돈이나 좀 많이 주시오. 옥련이가 좋아하는 것이 있거든 사서 주겠소."

최 주사가 옥련이 살았단 말을 듣더니 딸을 만나 보고 반가운 마음은 잊었던지 몇 해 만에 보는 딸에게 그동안 잘 있었느냐 못 있었느냐 말은 한마디 없고 옥련의 말만 묻고 앉앗다가, 그날 저녁에는 흥김에 밥을 아니 먹고 술만 먹으며 횡설수설하다가 주정이 나서, 그 후 최 부인더러 짐짓 자랄 때에 잘 굴었느니 못 굴었느니 하며 삼십 년 전 일을 말하고 앉았다가 내외간 싸움이 일어나서, 마누라는 자식도 없는 늙은 년이 서러워 죽고 싶으니 살고 싶으니 하며 울며 청승을 떨고 있고. 딸은 내가 아니 왔다면 이런 일이 없었을 터인데, 하면서 이 밤으로 도로 가느니 마느니 하는 서슬에 온 집안이 붙들고 만류하여 야단났네.

최 주사가 그 딸이 가느니 마느니 하는 것을 보고 취중에 화가 나서 혀 꼬부라진 소리로 마누라에게 화풀이를 한다.

"응, 마누라가 낳은 딸 같으면 저럴 리가 만무하지. 모처럼 온 계집을 들어앉기도 전에 도로 쫓으려 드니."

마누라는 애매한 책망을 듣고 청승을 점점 더 떨고, 딸은 점점 불리한 마음이 나서 친정에 온 것을 후회만 하고, 최 주사의 주정은 점점 더하는데, 온 집안이 잠을 못 자고 안마루 안마당에 그득 모였으나 최 주사의 주정을 감히 말릴 사람은 없는지라.

최 주사는 아들이 섣부른 소리로 최 주사더러 좀 참으시면 좋겠습니다, 하였더니 최 주사가 취중에 진정 말이 나오던지,

"이 애, 주제넘게 네가 내 집에 참견이 무엇이냐."

하며 핀잔을 탁 주더니 최 주사의 아들은 양자 들어온 사람의 마음이라, 야속한 생각이 들어서 캄캄한 바깥마당에 나가서 혼자 우두커니 섰다가 담배 한 대를 붙여 물고 나올 작정으로 서기 방으로 들어간다.

서기 방에서는 문서를 닦느라고 두 사람이 마주 앉아서 부르고 놓고 하다가 최 주사의 아들이 담뱃대 찾는 수선에 주 한 개를 달깍 더 놓았더라. 주 놓던 사람이 아차 하며 치어다 보니 젊은 주인이라. 다른 사람이 서기 방에 들어가서 수선을 그렇게 피웠으면 생핀잔을 보았을 터인데 주인의 아들인 고로 핀잔은 고사하고 담배 한 대 더 꺼내 주노라고 쌈지 끈 끄르는 사람이 둘이나 된다.

문서책 한 권이 보기에는 대단치 아니한 백지 몇 장이로되 그 속에 있는 것만 하여도 어디를 가든지 부자 득명할 재물 덩어리라.

최 주사의 아들이 최 주사를 야속하게 여기던 마음이 쑥 들어가고 조심하는 마음이 생겨서 다시 안으로 들어가더니, 웃는 낯으로 어머니, 그리 마시오, 누님, 그리 마시오 하며 애를 쓰고 돌아다니는데 최 주사가 곤드레만드레하며,

"그만 내버려두어라. 그것들 방정 실컷 떨게……."

하더니 사랑으로 비틀비틀 나가서 쓰러지더니 콧구멍에서 맷돌질하는 소리가 나도록 코를 곤다.

그 이튿날 아침에 최 주사가 일어나 안으로 들어가더니 마누라와 딸과 아들까지 불러 앉히고 재미있는 모양으로 말을 떠드는데, 마누라는 어젯밤에 있던 성이 조금도 아니 풀린 모양으로 아무 소리 없이 돌아앉았더라.

"아버지, 어젯밤에 웬 술을 그렇게 많이 잡수셨습니까?

최 주사는 그 전날 밤에 사랑으로 나가던 생각은 일어나나 처음에 주정하던 일은 멀쩡하게 생각하면서 생시치미를 뗀다.

"응, 과히 취하였더냐. 주정이나 아니 하더냐. 오냐, 살아생전에 일배주라니 내가 주정을 하면 몇 해나 하겠느냐, 허허허."

웃음 한마디에 온 집안이 화기가 돈다. 최 주사가 그날은 술 한 잔 아니 먹고 아들과 서기에게 집안일 분별하더니 딸을 데리고 미국 들어갈 치행을 차리더라.

물속에 산이 솟고 산 아래는 물만 있는 해협을 끼고 달아나는 화륜선은 어찌 그리 빠르던지. 눈앞에 산이어늘 하면 뒤에 가 있다. 부산항에서 떠나서 일본 대마도, 마관, 신호, 대판을 지내 놓고 횡빈으로 들어가는데, 옥련모 마음에는 그만하면 미국 산천이 거의 보이거니 생각하고 하루에도 몇 번인지 화륜선 갑판 위에 올라서서 배 가는 곳만 바라보고 섰다.

이 배같이 크고 빠른 것은 다시없으려니 하였더니 그 배는 횡빈에서 닻을 주고 태평양 내왕하는 배를 갈아타니 그 배는 먼저 탔던 배보다 더 크고 빠른 배라. 그러한 배를 타고 더디 간다 한탄하는 사람은 옥련의 부녀를 만나 보러 가는 최 주사의 부녀뿐이더라. 앉았으나 섰으나, 잠이 들었으나 깨었으나, 타고 앉은 배는 밤낮 쉴 새 없이 달아나는데, 지낸 곳에 보이던 일본 산천은 자라목 움츠러드는 듯 점점 작아지더니 태평양을 들어서면서 산 명색이라고는 오뚝이만 한 것 하나도 보이지 않고 보이는 것은 물과 하늘뿐이라.

푸르고 푸른 하늘을 턱턱 치는 듯한 바닷물은 하늘을 씻어서 물이 푸르러졌는지, 푸른 물결이 하늘에 들이쳐서 하늘에 물이 들었는지 물빛이나 하늘빛이나 그 빛이 그 빛이라.

배는 가는지 아니 가는지, 밤낮 가도 그 자리에 그대로 선 것 같은데 그 크던 배가 만리창해에 마름 하나 떠다니는 것 같다.

최 주사 부녀가 갑판 위로 돌아다니며 구경을 하다가 최 주사의 딸이 응석을 한다.

"아버지, 아버지께서 딸의 덕에 이런 좋은 구경을 하시는구려. 내가 없었다면 아버지께서 여기 오실 까닭이 있소?"

"허허허, 효성은 딸이 하나 보다. 나도 딸의 덕에 이 구경을 하고 너도 옥련의 덕에 이 구경을 하는구나. 네가 네 남편

이 미국 있다는 말을 들은 지가 8, 9년이 되었으나 미국 간다는 말도 없더니, 옥련이가 미국 있다는 말을 듣고 대문 밖에도 못 나가던 위인이 미국을 가니 자식에게 향하는 마음이 그러한 것이로구나."

하면서 딸을 물끄러미 보는데 최 주사의 딸이 그 부친의 말을 듣다가 무슨 마음인지 눈물이 돌며 눈자위에 붉은빛을 띠었더라. 최 주사가 그 딸의 눈물 나는 모양을 보더니 또한 무슨 마음인지 눈에 눈물이 돈다.

딸의 눈물은 아버지가 양자한 아들을 데리고 뜻에 맞지 못하여 아비는 아들의 눈치를 보고 아들은 아비의 눈치를 보던 그 모양이 생각이 나서 딸자식 된 마음에 그 아버지 신세를 생각하고 나오는 눈물이요, 최 주사의 눈물은 그 딸이 일청전쟁 난리 겪은 후에 내외간에 이별하고 모녀간에 소식을 모르고 장팔 어미만 데리고 근심하고 고생하던 일이 불쌍한 생각이 나서 나오는 눈물이라. 서로 눈물을 감추고 서로 위로하다가 다시 옥련의 이야기가 시작되며 웃음소리가 난다.

"아버지, 우리 오던 곳이 어디며 우리가 향하여 가는 곳은 어디요. 해를 치어다보다 동서남북을 모르겠소그려. 이편을 바라보아도 물뿐이요, 저편을 바라보아도 물뿐인데 물 밖에는 하늘 외에 또 무엇이 있소. 아버지, 아버지, 우리가 일본 횡빈에서 떠난 후에 이 물이 넘쳐서 세상 사람 사는 곳은 다

덮여 싸여서 물속으로 들어갔나 보오. 처음부터 아니 보이던 산은 어찌하여 많이 보이는지 모르겠소마는 우리 눈으로 보던 산까지 아니 보이니 그 산이 어디로 갔단 말이오."

"글쎄, 나도 모르겠다. 완고로 자라서 완고로 늙은 사람이 무엇을 알겠느냐. 부산 소학교 아이들이 모여 앉으면 별소리가 다 많더라마는 무심히 들었더니 지금 생각하니 좀 자세히 들었으면 좋을 뻔하였다. 어, 그 무엇이라던가. 수박같이 둥그런 땅덩이에서 사람이 산다 하니, 수박같이 둥글 지경이면 이편에서 저편이 보이겠느냐. 그런 것을 물으려거든 아무것도 모르는 완고의 아비더러 묻지 말고 신학문 배운 네 딸 옥련이더러 물어보아라."

하며 최 주사의 얼굴에 즐거운 빛을 띠었는데 옥련이 같은 딸 둔 최 주사의 딸도 얼굴에 웃음빛을 띠고 그 부친을 쳐다본다.

최 주사의 부녀가 구경을 하다가도 옥련의 이야기요, 음식을 먹다가도 옥련의 이야기가 시작되는데, 천지간에 자식 사랑하는 정은 옥련의 모친 같은 사람은 다시없을 것 같다.

태평양에서 미국 화성돈이 멀기는 한량없이 멀건마는 지구상 공기는 한 공기라. 태평양에서 불던 바람이 북아메리카로 들이치면서 화성돈 어느 공원에서 단풍 구경을 하던 한국 여학생 옥련이가 재채기를 한다.

"누가 내 말을 하나 보다. 웬 재채기가 이렇게 나누. 에그, 내 말 할 사람이야 우리 어머니밖에 누가 있나."

하면서 호텔로 들어가다 만리타국에서 부녀가 각각 헤어져 있기는 서로 섭섭한 일이나 김관일이 다니는 학교와 옥련이가 다니는 학교가 다른 고로 학교 가까운 곳을 취하여 옥련이가 있는 호텔과 김관일이 있는 호텔이 각각이라.

옥련이가 저 있는 호텔로 가다가 돌쳐서서 그 부친 김관일의 호텔로 가더라. 호텔 문 안으로 들어서는데 우체 군사가 김관일에게 오는 전보를 들이더니 보이가 손에는 전보를 받아 들고 한편으로 옥련이를 인도하여 김관일의 방으로 들어간다. 옥련이가 그 부친에게 인사하기를 잊었던지 들어서며 하는 말이,

"아버지, 전보가 어디서 왔습니까?"

김관일도 옥련이더러 말할 새도 없던지,

"글쎄, 보아야 알겠다."

하면서 전보를 뚝 떼어 보더니 발신소는 미국 상항 우편국이요, 발신인은 최항래라. 전문에 하였으되,

'딸을 데리고 간다. 상항에서 배 내렸다. 내일 오전 첫차를 타고 가겠다.'

기쁜 마음에 뜨이면 분명한 사람도 병신 같은 일이 혹 있

는지, 김관일이가 전보를 들고,

"응, 무엇이냐? 최항래, 최항래. 최항래가 네 외조부의 이름인데. 이 애, 옥련아, 이 전보 좀 보아라."

옥련이가 선뜻 받아 들고 자세히 보니 그 어머니가 온다는 전보라. 부녀가 돌려 가며 전보를 보는데 옥련의 기뻐하는 모습은 죽었던 어머니가 살아와도 그 외에 더 기뻐할 수는 없겠더라.

그날 그때부터 옥련이는 그 어머니가 타고 오는 기차를 기다리는데 일각이 여삼추라. 생각으로 해를 보내고 생가으로 밤을 보내다가 잠이 들어 꿈을 꾸었더라.

옥련이가 혼자 기차를 타고 그 어머니 마중을 나간다. 상항에서 화성돈으로 오는 기차는 옥련의 모친이 타고 오는 기차요, 화성돈에서 상항으로 가는 기차는 옥련이가 타고 가는 기차라. 원래 그 기차가 쌍선이 아니던지, 단선의 철도에서 오고 가는 기차가 시간을 어기었던지, 두 기차가 서로 충돌이 되었더라. 기차가 상하고 사람이 무수히 상하였는데 그 중에 조선 복색한 여편네 송장이 있는 것을 보고 옥련이가 그 어머니 죽은 송장이라고 붙들고 운다. 흑흑 느껴 울다가 제풀에 잠을 깨니 남가일몽이라.

전기등은 눈이 부시도록 밝고 자명종은 12시를 땅땅 친다. 옥련이가 그 어머니를 과히 생각하는 중에서 그런 꿈이 된 줄 알고 마음을 진정하였더라.

옥련이의 모친이 옥련이를 생각하는 마음과 옥련이가 그 어머니를 생각하는 마음을 비교할 지경이면 누가 우등생이 되는지. 인간의 그런 사정은 하느님이나 자세히 알으실까.

그렇게 서로 간절하던 옥련의 모녀가 화성돈에서 만나 보는데 그 모녀가 좋아하는 모양을 볼진대 옥련이가 미칠지 옥련의 어머니가 미칠지 둘이 다 미칠지 염려할 만도 하더라.

최 주사의 부녀가 화성돈에서 3주일을 묵고 고국으로 돌아온다. 떠나던 전날은 일요일이라, 최 주사와 김관일과 구완서와 옥련의 모녀까지 다섯 사람이 모여 앉았는데 그날은 다른 말은 별로 없고 옥련의 혼인 공론이 부산하다.

최 주사 부녀는 조선 풍속이 골수에 꼭 박힌 사람이라. 내 사정만 주장하고 옥련이와 구완서를 데리고 조선으로 가서 혼인을 지낸 후에 즉시 미국으로 돌려보내겠다 하고, 김관일이는 싱긋싱긋 웃으면서 구완서만 힐끔힐끔 보고 앉았고, 옥련이는 아무 말 없이 술병을 들고 외조부 앞에 술을 따르며 앉았고, 구완서는 최 주사 부녀의 말 끝나기를 기다리고 앉았는데, 최 주사의 부녀는 말대답하는 사람이 다 될 것같이 옥련이와 구완서를 데리고 갈 생각으로 말한다.

구완서가 옥련의 얼굴을 물끄러미 보다가 다시 옥련의 모친을 보며 자기의 질정하였던 마음을 설명한다.

"옥련같이 학문 자질이 있는 따님을 두시고 나같이 용렬한 사람으로 사위를 삼으려 하시는 것은 감사하기 측량없습니다. 그렇게 감사한 일을 생각하면 오늘이라도 말씀하시는 대로 좇을 일이오나 아직 어린 서생들이 혼인이 무엇이오니까."

하면서 다시 옥련이를 돌아다보며 허허 웃더니,

"여보게, 옥련. 지금은 우리가 동무이지, 귀국하면 내외가 될 터이지. 우리가 자유로 결혼하자 언약을 맺은 사람이라, 언약을 맺어도 자유, 언약을 파하여도 자유, 어느 때로 행례할 기약을 정하는 것도 자유로 할 일이라. 나도 부모 구존한 사람이요, 그대도 부모 구존한 터이라. 부모가 미성년한 자식에게 명령할 일은 공부 잘하여라, 나라를 위하여라 하는 것이 부모 된 이들의 도리요, 직분이라.

지금 우리가 고국에 돌아가면 공부에 방해도 적지 아니할 터이오. 혈기 미성한 사람들이 일찍 시집가고 장가드는 것은 제 신상에 그렇게 해로운 것은 없는지라. 그러나 우리가 제 일신의 이해를 교계하는 것은 오히려 둘째로다.

여보게, 옥련. 우리가 공부를 하여도 나라를 위하여 하고 살아도 나라를 위하여 살고 죽어도 나라를 위하여 죽는 것이 옳은 일이라. 여보게, 옥련. 자네 마음 어떠한가? 어서 시집이나 가서 세간살이나 재미있게 하면 그것이 소원인가? 자네 소원이 만일 그러할진대 우리 기왕 언약이 아무리 중하더라도 나는 그 언약보다도 더 중요한 국가를 위한다는 생각이 있으니 자네는 바삐 귀국하여 어진 남편을 구하여 하루바삐 시집가서 자네 부모의 소원대로 하게.”

그 말 한마디에 옥련의 모친은 눈이 휘둥그레졌다.

“에그, 천만의 말도 하네. 내 말끝에 옥련이더러 그렇게 말할 것 무엇 있나. 말은 내가 하였지, 옥련이가 무슨 입이나 떼었나. 나는 지금부터 구완서를 내 사위로 알고 있어. 에그, 사위라 하면서 이름을 불렀네. 아무러면 허물 있나. 여보게, 이 사람. 자네 옥련이더러 너의 부모 소원대로 하라 하니 우리 소원이야 하루바삐 구완서를 내 사위 삼고픈 소원 외에 또 무슨 소원이 있나. 지금 혼인을 하여 공부에 해로울 터이면 두었다가 아무 때나 하지.”

하며 횡설수설하는 것은 옥련의 모친이 구완서가 혼인 언약을 깨뜨릴까 염려하는 말이더라.

최 주사는 완고의 늙은이라. 구완서의 하는 말을 들은즉 버릇없는 후레자식도 같고 너무 주제넘은 것도 같은지라. 최 주사의 마음에는 옥련이 같은 외손녀를 두고 어디를 가기로 구완서만한 외손섯감을 못 고르랴 싶은 생각뿐이라. 또 최 주사가 일평생에 돈 많고 기 펴고 지내던 사람이라. 자기 마음대로 하면 옥련이를 곧 데리고 나가서 극진한 신랑감을 골라서 기구 있게 혼인을 잘 지내고 싶으나 한 치 건너 두 치라, 외손의 혼인부터는 내 마음대로 하기가 어려운 생각이 있어서 딸의 눈치도 보다가 사위의 눈치도 보며 헛기침만 하고 앉았다.

김관일은 본디 구완서의 기개를 아는 사람이라. 말없이 앉았다가 그 부인더러 간단한 말로 옥련의 혼인은 아는 체 말자 하면서 옥련의 얼굴을 거들떠보니, 옥련이는 머리 위에 꽃을 꽂고 눈썹은 나비를 그린 듯한데 눈은 내리깔고 앉았으니 무슨 생각이 있는지 없는지, 옥련이를 낳은 옥련의 부모라도 뜻은 알 수 없겠더라.

옥련이와 구완서는 몇 해 동안이든지 공부 성취하도록 고국에 돌아가지 않기로 작정하였고, 혼인은 본래 작정대로 귀국한 이후에 성례하기로 옥련의 모친까지 그 작정을 좇아 허락하고 그 이튿날 부산으로 떠나간다.

사람이 구름같이 모여드는 정거장에서 오후 기차 시간을 기다려서 상항 가는 기차표 사는 사람은 최 주사 부녀요, 입장권 사서 들고 최 주사의 부녀더러 이리 가오, 저리 가오, 시간이 되었소, 기차가 떠나겠소, 하며 가르치는 사람은 최 주사의 부녀를 석별하러 온 김관일의 부녀요, 정거장에 잠깐 나왔다가 학교에 동창회가 있다 하면서 기차 떠나는 것을 못 보고 먼저 들어가는 사람은 구완서요, 철도 회사 복색을 입고 이리저리 다니면서 기차를 살펴보는 사람은 장거수라. 시계를 내어 보더니 손을 번쩍 들며 호각을 부는데 호로로 소리에 기차가 꿈쩍거린다.

기차 속에서 눈물을 머금고,

"옥련아, 아버지 모시고 잘 있거라."

하는 사람은 옥련의 모친. 기차 밖에서 목멘 소리로,

"어머니, 할아버지 모시고 안녕히 가시오."

하며 눈물을 씻는 사람은 옥련. 삿보(모자)를 벗어 들고 손을 높다랗게 쳐들고 기차 속에 있는 최 주사를 바라보며,

"만리 고국에 태평히 가시오. 대한민국 만세."

소리를 지르는 사람은 김관일. 싱긋 웃으며 턱만 끄덕 하고 김관일의 부녀 선 것을 바라보는 사람은 최 주사이라.

기차의 연기 뿜는 고동 소리가 점점 잦으며 기차는 구루마같이 달아난다. 기차는 점점 멀어지고 연기만이 남아서 공중에 서렸는데 눈물이 가득한 옥련의 눈이 기차 연기만 바라보고 서 있다.

"이 애 옥련아, 울지 말고 들어가자. 오래 서 있으면 철도 회사 사람에게 핀잔 듣고 쫓겨난다. 몇 해만 지내면 나도 귀국하고 너도 귀국할 터인데 그렇게 섭섭하게 여길 게 무엇이냐. 네가 일본과 미국으로 유리표박(流離標泊, 일정한 집과 직업 없이 이곳저곳 떠돌아다님)하여 부모의 사생을 모르고 있을

때를 생각하여 보아라. 지금은 부모를 만나 보았으니 좀 좋은 일이냐. 이 애 옥련아, 우리 이 길로 공원에 나가서 바람이나 쏘이고 구경이나 하자."

하면서 옥련이를 데리고 공원으로 들어가니 석양은 만리요, 상항은 보이지 아니하더라.

옥련이가 어머니를 이별하고 섭섭하여 하는 모양이 실성을 할 것 같은지라, 그 부친이 중언부언하여 옥련이를 위로하고 각기 호텔에 돌아가더라.

옥련이가 난리 중에 그 부모를 잃고 타국으로 유리힐 때에 그 부모가 다 죽은 줄로 알고 있던 터이라. 일본 대판 정상군의 집에 있을 때 지내던 일을 말할지라도 학교에 가면 공부에만 정신이 쓰이고 집에 돌아오면 정상 부인에게 정도 들었고 조심도 극진히 하였고 동무를 대하면 재미있게 놀아도 보았는데 그럭저럭 부모 생각도 다 잊었으나 미국에 온 지 4, 5년 만에 천만의외에 그 부친을 만나 보고 그 어머니 생존한 줄을 알았는데, 하루바삐 그 어머니 얼굴을 보고 싶으나 일변으로 생각하면 그 어머니가 살아 있는 것만 기뻐하여 얼굴에 희색이 만면하던 옥련이가 그 어머니를 만나 보고 작별하더니 얼굴에 근심 빛뿐이라.

귀에는 어머니 소리가 들리는 듯하고 눈에는 어머니 모습이 보이는 듯하다. 평양성 난리 후에 그 어머니가 고생한 이야기하던 것과 화성돈 정거장에서 그 어머니 떠나던 일은 옥련의 마음속에 사진같이 다 박혀 있다. 옥련이가 지향 없이 혼잣말로,

"우리 어머니는 어디쯤이나 가셨누. 아버지도 여기에 계시고 나도 여기에 있는데 어머니 혼자 우리 나라로 가시는구나. 내 몸 둘이 되었으면 하나는 아버지 뫼시고 있고 하나는 어머니 뫼시고 있고지고. 우리 어머니가 평양성 중에서 십 년 동안을 근심 중으로 지내시고 또 혼자 평양으로 가시는구나. 나를 생각하시느라고 병환이나 아니 날까."

옥련이가 그렇게 어머니를 생각하고 있는데 그 어머니 마음은 어떠할꼬. 옥련의 어머니는 남편도 이별하고 그 딸 옥련이도 이별하였으니 그 이별은 겹이별이라. 그 근심이 오직 대단할 것 아니언마는 옥련의 모친 마음이 그렇지 아니하고 도리어 기쁜 마음뿐이라.

"이 애, 네가, 네가 하늘에서 떨어졌느냐?

땅에서 솟았느냐?

내 속에서 나온 자식이 이렇게 자라도록

내가 모르고 지냈단 말이냐?

옥남아, 네 이름이 옥남이란 말이냐?

어데로 갔다가 이제야 왔느냐?

너의 아버지 돌아가실 때도 젊으셨던 때라

네 얼굴을 보니 너의 아버지를 닮은들

어찌 그렇게 천연히 닮았느냐?

— 『은세계』 중에서 —

은세계

銀世界

강원도 강릉 대관령 동편 경금 동리에 최병도라는 양반이 산다. 강릉에서 부촌으로 이름난 경금에서 최병도는 매우 근면하고 성실하였으며, 개화당의 중진 김옥균의 구국의 정신에 감화되어, 조국 독립의 밑천을 마련하기 위하여 손톱이 닳도록 박토를 옥토로 일구며 재산 모으기에 힘써 상당한 재물을 지닌 큰 부자가 된다. 그 당시 매관매직(賣官賣職)이 횡행하는 시국에 부패한 강원도 원주의 관찰사는 가렴주구(苛斂誅求)를 일삼아 재물을 모으고, 돈이 많은 부자들에게 죄를 뒤집어 씌워서 감옥에 가두고 벌금을 물린다.

어느 날 밤, 강원도 관찰사의 부하들이 최병도를 잡으러 온다. 그가 죄 없이 붙잡혀 가게 되자 마을 사람들과 젊은 선비 김치일이 최병도의 압송을 막는다. 최병도는 자기 때문에 마을 사람들이 피해를 입을까 봐 순순히 원주 감영으로 끌려간다. 죄 없이 붙잡혀 온 최병도는 관찰사의 흉계 때문에 곤장을 맞고, 이에 대항하다가 갖은 고초를 당하고 죽도록 맞은 후 석방되어 강릉 집으로 가다가 대관령에서 죽음을 맞는다. 이 일로 부인은 정신 이상을 일으킨다. 그래서 최병도와 뜻을 같이 하던 개화인 김정수가 최병도의 재산 관리를 맡아 알뜰히 관리하여 재산을 수배로 늘린다. 김정수는 최병도의 딸 옥순과 아들 옥남의 교육을 위하여 그의 강릉 집과 재산을 김정수의 아들에게 맡긴 후 미국으로 함께 유학을 간다. 두 남매가 열심히 배우며 공부하던 중 돈이 떨어지자 김정수가 귀국한다. 그러나 아들이 최병도의 재산을 모두 탕진한 것을 알고 매일 술로 세월을 보내다가 화병으로 죽고 만다.

미국에 있던 두 남매는 살길이 막막해 죽으려다 후원자의 도움으로 열심히 공부한 후 성공하여 십여 년 만에 돌아와 어머니와 재회한다. 폐인이 된 어머니는 잃었던 정신을 되찾게 되나, 이튿날 옥남 남매가 어머니와 함께 선친의 명복을 빌러 절에 가다 옥남이 의병들에게 '학정을 고치기 위해서는 고종의 양위(讓位)가 지당하며 의병 또한 불가한 것.'이라고 역설하다 붙들려 간다.

작품 정리

이인직의 신소설 은세계는 전반부에 판소리 '최병두타령'을 개작하여 부패한 관리에 의해 핍박받는 평민이 죽음으로 몰락하는 가족의 이야기를 다루며 후반부는 옥남과 옥순에 관한 영웅 소설의 전통을 이은 소설이다.

이 소설은 시나리오식 대화체로 씌어졌으며 편지문과 판소리까지 곁들어 있다. 최초의 연극소설로 씌어진 이 소설은 1908년 원각사에서 이인직 자신에 의해 창극으로 공연되기도 하였다.

이인직의 소설은 다양한 인물들과 평범한 사람이 주인공으로 등장하고 주제가 현실적이다. 그간의 문어체를 언문일치의 새로운 문체로 표현하고, 인물들의 대화와 심리를 효과적으로 표현하여 글의 현실감과 사실성이 띄어난다.

신소설은 개화파의 영향으로 사회 정치 현실의 불합리를 고발하여 유교 문화의 잘못된 점을 개선하고, 고루한 봉건 체제를 혁신하기 위한 개화 사상을 주창한다.

은세계

겨울 추위 저녁 기운에 푸른 하늘이 새로이 취색하듯이 더욱 푸르렀는데, 해가 뚝 떨어지며 북새풍이 슬슬 불더니 먼 산 뒤에서 검은 구름 한 장이 올라온다. 구름 뒤에 구름이 일어나고 구름 옆에 구름이 일어나고 구름 밑에서 구름이 치받쳐 올라오더니, 삽시간에 그 구름이 하늘을 뒤덮어서 푸른 하늘은 볼 수 없고 시커먼 구름 천지라.

해끗해끗한 눈발이 공중으로 회회 돌아 내려오는데, 떨어지는 배꽃 같고 날아오는 버들가지같이 힘없이 떨어지며 간곳없이 스러진다. 잘던 눈발이 굵어지고 드물던 눈발이 아주 떨어지기 시작하며 공중에 가득 차게 내려오는 것이 눈뿐이요, 땅에 쌓이는 것이 하얀 눈뿐이라. 쉴 새 없이 내리는데 굵은 체 구멍으로 하얀 떡가루 쳐서 내려오듯 솔솔 내리더니 하늘 밑의 땅덩어리는 하얀 흰무리 떡 덩어리같이 되었더라.

사람이 발 디디고 사는 땅덩어리가 참 떡 덩어리가 되었을 지경이면 사람들이 먹을 것 다툼 없이 평생에 떡만 먹고 조용히 살았을는지도 모를 일이나, 눈구멍 얼음 덩어리 속에서 꿈적거리는 사람은 다 구복(口腹, 먹고 사는 일)에 계관(係關)한 일이라. 대체 이 세상에 허유(許由)같이 표주박만 걸어 놓고 욕심 없이 사는 사람은 보두리 있다더라.

강원도 강릉 대관령은 바람도 유명하고 눈도 유명한 곳이라. 겨울 한철에 바람이 심할 때는 기왓장이 훌훌 날린다는 바람이요, 눈이 많이 올 때는 지붕 처마가 파묻힌다는 눈이라. 대체 바람도 굉장하고 눈도 굉장한 곳이나 그것은 대관령 서편의 서강릉이라는 곳을 이른 말이요, 대관령 동편의 동강릉은 잔풍향양(潺風向陽)하고 겨울에 눈도 좀 덜 쌓이는 곳이라.

그러나 일기도 망령을 부리던지 그날 눈과 바람은 서강릉도 이보다 더할 수는 없지 싶을 만하게 대단하였는데, 갈모봉(帽峯)이 짜그라지게 되고 경금 동네가 폭 파묻게 되었더라. 경금은 강릉에서 부촌으로 이름난 동네라, 산 두메 사는 사람들이 제가 부지런하여 손톱 발톱이 닳도록 땅이나 뜯어먹고 사는데 푼돈 모아 양돈 되고, 양돈 모아 궷돈 되고, 송아지 길러 큰 소 되고, 박토 긁어 옥토를 만들어서 그렇게 모은 재물로 부자 된 사람이 여럿이라.

그 동네 최본평 집이 있는데 동네 사람들의 말이,

"저 집은 소문 없는 부자라. 최본평의 내외가 억척으로 벌어서 생일이 되어도 고기 한 점 아니 사 먹고 모으기만 하는 집이라, 불과 몇 해 동안에 형세가 버썩 늘었다. 우리도 그 집과 같이 부지런히 모아 보자."

하며 남들이 부러워하고 본받으려 하는 사람이 많은 터이라.

대체 최본평 집은 먹을 것 걱정, 입을 것 걱정은 아니 하는 집이라. 겨울에 눈이 암만 많이 오더라도 방 덥고 배부르고 등에 솜 조각 두둑한 터이라. 그 눈이 내년 여름까지 쌓여 있더라도 한 해 농사 못 지어서 굶어 죽을까 겁날 것은 없고, 다만 겁나는 것은 염치없는 불한당이나 들어올까 그 염려뿐이라.

바람은 지동 치듯 불고 최본평 집 사립문 안에서 개가 콩콩 짖는데, 밤사람의 자취로 아는 사람은 알았으나 털 가진 짐승이라도 얼어 죽을 만하게 춥고 눈보라치는 밤이라, 누가 내다보는 사람은 없고 짖는 개만 목이 쉴 지경이라.

두메 부잣집도 좀 얌전히 잘 지은 집이 많으련마는 경금 최본평 집은 참 돈만 모으려고 지은 집인지 울타리를 너무 의심스럽게 하였는데, 높이가 길반이나 되는 참나무로 틈 하나 없이 튼튼하게 한 울타리가 옛날 각 골 옥담 쌓듯이 뺑 둘렀는데 앞에 사립문만 닫히면 송곳같이 뾰족한 수가 있는 도적놈이라도 뚫고 들어갈 수가 없이 되었더라.

그 울안에 행랑이 있고 그 행랑 앞으로 지나가면 사람이 있으나 사립문 밖에서 보면 행랑이 가려서 사랑은 보이지 아니하니, 여간 발씨 익은 과객이 아니면 그 집에 사랑이 있는 줄은 모르고 지나가게 된 집이러라.

밤은 이경이 될락 말락 하였는데 웬 사람 5, 6인이 최본평 집 사립문을 두드리며 문 열어 달라 소리를 지르나, 앞에서 부는 바람이라 사람의 목소리가 떨어지는 대로 바람에 싸여서 덜미 뒤로만 간다. 주인은 듣지 못한 고로 대답이 없건마는 문밖에서 문 열어 달라 하는 사람은 골이 어찌 대단히 났던지 악을 써서 주인을 부르는데 악 쓰는 아가리 속으로 눈 섞인 바람이 한 입 가득 들어가며 기침이 절반이라. 사립문이나 부술 듯이 발길로 걷어차니 사립문 위에 얹혔던 눈과 문 틈에 잔뜩 끼었던 눈이 푹 쏟아지며 사람의 덜미 위로 눈사태가 내려온다.

행랑방에서 기침 소리가 쿨룩쿨룩 나며 개를 꾸짖더니 무엇이라고 두덜두덜하며 나오는 것은 최본평 집에서 두 내외 머슴 들어 있는 자이라. 바지춤 움켜쥐고 버선 벗은 발에 나막신 신고 나가서 사립문을 여니 문밖에 섰던 사람이 골이 잔뜩 나서 누구든지 닥치는 대로 분풀이를 하려던 판이라. 와락 들어오며 머슴 놈을 훔쳐때리며 발길로 걷어차며 무슨 토죄를 하는데, 머슴이 눈 위에 가로 떨어져서 살려 달라고 빈다.

머슴의 계집은 웬 영문인지도 모르고 겁에 띠어서 행랑방 뒷문을 열고 버선발로 뛰어 나서서 눈이 정강이까지 푹푹 빠지는 마당으로 엎드러지며 곱드러지며 안으로 들어가니 그때 안중문은 걸려 있는지라. 안뒤꼍으로 들어가서 안방 뒷문을 두드리며,

"본평 아씨, 본평 아씨, 불한당이 들어와서 천쇠를 때려서 죽게 되었습니다."

하는 소리에 본평 부인이 베틀 위에서 베를 짜다가 북을 탁 던지고 일어나려 하나 허리에 찬 베틀 끈이 걸려서 빨리 내려오지 못하고 겁결에 잠든 딸을 부른다.

"옥순아, 옥순아! 어서 일어나거라. 불한당이 들어온다!"

하며 일변으로 허리에 매인 베틀 끈을 끄르더니 방문을 열고 나가니, 자다가 깨인 옥순이는 어머니를 부르며 우나 부인이 대답도 아니 하고 버선 바닥으로 뛰어나가서 사랑문을 두드리며 남편을 부르는데, 본평 부인이 어렸을 때에 그 친정에서 듣고 보고 자라나던 말투이라.

"옥순 아버지, 옥순 아버지. 불한당이 들어온다 하니 이를 어찌한단 말이오?"

하며 벌벌 떠는 소리로 감히 크게 못하더라. 원래 그 집 사랑방에서 안으로 들어오는 문이 있는데 그 문은 앞뒤로 종이

를 어찌 두껍게 많이 발랐던지, 문밖에서 가만히 하는 소리는 방 안에서 자세히 들리지 아니하는지라 그 남편이 대답을 아니 하고 부인이 그 말을 거푸거푸 한다.

그때 최본평은 덧문을 척척 닫고 자리 펴놓고 들기름 등잔에서 그을음이 꺼멓게 오르도록 돋워 놓고 앉아서, 집뼘(집게뼘) 한 뼘씩이나 되는 숫가지 늘어놓고 한 짐 두 뭇이니 두 짐 닷 뭇이니 하며 구실돈 셈을 놓다가 문 두드리는 소리를 듣고 정신없이 아니 놓을 수 한 가지를 덜컥 더 놓으며 고개를 번쩍 드는데, 부인의 말소리가 최본평의 귓구멍으로 쏙 들어갔다.

"응, 불한당이라니, 불한당이 어데로 들어와?"

하며 벌떡 일어나서 안으로 난 문을 와락 여는데, 부인은 문에 얼굴을 대고 섰다가 문이 얼굴에 부딪쳐서 부인이 에코 소리를 하며 푹 고꾸라지니, 최씨가 문설주를 붙들고 내다보며 당황히 어, 어, 소리만 하고 섰는데, 그때 마침 행랑 앞에서 머슴을 치던 사람들이 사랑 앞으로 와서 마루 위로 올라서던 차이라. 안으로 난 문 여는 소리를 듣고 주인이 도망하려는 줄로 알고,

"들거라!"

소리를 하며 마루를 쾅쾅 구르고 들어오며 사랑문을 열어젖히더니 제비같이 날쌘 놈이 번개같이 달려들어 오니, 본래

최본평은 도망하려는 생각이 아니라 불한당이 들어오는 줄
로만 알고 안으로 들어가서 집안사람들이 놀라지 아니하게
안심시키려던 차에, 부인이 얼굴을 다치고 넘어진 것을 보고
나가서 일으키려 하다가 사랑방에 그 광경 나는 것을 보고 도
로 사랑으로 들어서며,

"웬 사람들이냐?"

묻는데 그 사람들은 대답도 없고 최씨를 잡아 묶어 놓으며
사람의 정신을 빼는데, 최 부인은 그 남편이 곤경 당하는 소
리를 듣고 얼굴 아픈 생각도 없고 내외할 경황도 없이 사랑
방을 들여다보며 벌벌 떨고 섰는데, 나이 이십칠팔 세쯤 된
어여쁜 부인이라.

그날 밤에 최본평 집에 들어와서 야단치던 사람들은 강원
감영 장차(將差, 감염의 심부름꾼)인데 영문 비관(秘關, 몰래 보낸
공문)을 가지고 강릉 경금 사는 최병도(崔秉陶)를 잡으러 온 것
이라.

최병도의 자는 주삼(朱三)이니 강릉서 수대 사는 양반이라.
시골 풍속에 동네 백성들이 벼슬 못한 양반의 집은 그 양반
의 장가든 곳으로 택호(宅號)를 삼는 고로, 최본평 댁이라 하
니 본평은 최병도 부인의 친정 동네이라.

그때 강원 감사의 성은 정씨인데, 강원 감사로 내려오던 날
부터 강원 일도 백성의 재물을 긁어 들이느라고 눈이 벌게서

날뛰는 판에 영문 장차들이 각 읍의 밥술이나 먹는 백성을 잡으러 다니느라고 이십육 군 방방곡곡에 늘어섰는데, 그런 출사 한 번만 나가면 우선 장차들이 수나는 자리라.

장차가 최병도를 잡아 놓고 차사례(差使例, 차사에게 주는 뇌물)를 추어내는데 염라국 사자 같은 영문 장차의 눈에 여간 최병도 같은 양반은 개 팔아 두 냥 반만치도 못하게 보고 마구 다루는 판이라 두 손목에 고랑을 잔뜩 채우고 차사례를 달라 하는데, 최씨가 차사례를 아니 주려는 것이 아니라 여간 돈을 주마 하는 말은 장차의 귀에 들어가지도 아니하고 제 욕심을 다 채우려 든다.

대체 영문 비관을 가지고 사람 잡으러 다니는 놈의 욕심은, 남의 묘를 파서 해골 감추고 돈 달라는 도적놈보다 몇 층 더 극악한 사람들이라. 가령 남의 묘를 파러 다니는 도적놈은 겁이 많지마는 영문 장차들은 겁 없는 불한당이라. 더구나 그때 강원 감영 장차들은 불한당 괴수 같은 감사를 만나서 장교와 차사들은 좋은 세월을 만나 신이 나는 판이라.

말끝마다 순사도(巡使道)를 내세우고 말끝마다 죄인 잡으러 온 자세를 하며 장차의 신발값(심부름값)을 달라고 하는데, 말이 신발값이지 남의 재물을 있는 대로 다 빼앗아 먹으려 드는 욕심이라. 열 냥을 주마 하여도 코웃음이요, 백 냥을 주마 하여도 코웃음이요, 이백 냥, 삼백 냥을 주마 하여도 코웃음인데, 그때는 엽전 시절이라 새끼 밴 큰 암소 한 필을 팔아도 칠십 냥을 받기가 어렵고 좋은 봇돌논 한 마지기를 팔아도 삼사십 냥이 넘지 아니할 때이라.

최씨가 악이 버썩 나서 장차에게 돈 한 푼 아니 주고 배기려만 든다. 장차는 죄인에게 전례돈(뇌물) 뺏어 먹기에 졸업한 놈들이라 장교가 최씨의 그 눈치를 채고 사령을 건너다 보며,

"이 애 김달쇠야, 네가 명색이 사령이냐 무엇이냐? 우리가 비관을 메고 올 때에 순사도 분부에 무엇이라 하시더냐? 막중 죄인을 잡으러 가서 만일 실포(失捕)할 지경이면 너희들은 목숨을 바치리라 하셨는데, 지금 죄인을 잡아서 저렇게 헐후(歇后)히 하다가 죄인을 잃으면 우리들은 순사도께 목숨을 바치잔 말이냐? 우리들이 이런 장설(壯雪)을 맞고 이 밤중에 대관령을 넘어올 때 무슨 일로 왔느냐? 오늘 밤에 우리가 곤하게 잠든 후에 죄인이 도망할 지경이면 우리들은 죽는 놈이다. 잘 알아차려라."

그 말이 뚝 떨어지며 사령이 맞녁수(맞적수)가 되어 신이 나서 그 말대답을 하며 달려들더니 역적 죄인이나 잡은 듯이 최병도를 꼼짝 못하게 결박을 하는데, 장차의 어미나 아비나 쳐죽인 원수같이 최씨의 입에서 쥐 소리가 나도록, 두 눈이 툭 솟도록, 은근히 골병이 들도록 동여매느라고 사랑방에서 새

로이 살풍경이 일어나는데, 안마당에서 본평 부인의 울음소리가 난다.

"애고! 이것이 웬일인고! 이를 어찌하잔 말인고? 애고, 애고. 평생에 남에게 싫은 소리 한번 아니하고 사는 사람이 무슨 죄가 있어서 이 지경을 당하노? 애고, 애고. 하느님, 하느님, 죄 없는 사람을 살게 하여 줍시사! 애고, 애고. 여보, 옥순 아버지, 돈이 다 무엇이란 말이오? 영문 장차가 달라는 대로 주고 몸이나 성하게 잡혀가시오."

히며 우는데 옥순이는 어머니를 부르며 악머구리같이 따라 운다. 최병도가 제 몸 고생하는 것보다 그 부인과 어린 딸의 마음을 위로하기 위하여 장차에게 돈 칠백 냥을 주기로 작정이 되었는데, 장차들의 욕심이 흠축하게 찼던지 결박하였던 것도 끌러 놓을 뿐만 아니라 맹세 지거리를 더럭더럭 하며 말을 함부로 하던 입에서 말이 너무 공손히 나온다.

"최 서방님, 아무 염려 말으시오. 우리가 영문에 가서 순사도께 말씀만 잘 아뢰면 아무 탈 없이 될 터이니 걱정 마시오. 들어앉으신 순사도께서 무엇을 알으시겠습니까? 염문(廉聞)하여 바친 놈들이 몹쓸 놈이지요. 우리가 들어가거든 호방 비장(裨將) 나리께도 말씀을 잘 여쭙고 수청 기생 계화더러도 말을 잘 하여서 서방님이 무사히 곧 놓여 오시게 할 터이니 우리만 믿으시오. 아따, 일만 잘 되게 만들 터이니 호방 비장 나리께

약이나 좀 쓰고 계화란 년은 옷 하여 입으라고 돈 백 냥이나 주시구려. 아따, 요새 그년이 뽐내는 서슬에 호사 한번 잘 시키고 그 김에 계화란 년 상관이나 한 번 하시구려. 촌에 사는 양반이 그런 때 호강을 좀 못해 보고 언제 하시겠소?

그러나 딴 구멍으로 청할 생각 말으시오. 원주 감영 놈들이란 것은 남의 것을 막 떼어먹으려 드는 놈들이오. 누가 무엇이라 하든지 당초에 상관을 마시오. 서방님 같은 양반이 영문에 가시면 못된 놈들이 공연히 와서 지분지분할 터이니 부디 속지 마시오."

하더니 다시 사령을 건너다보며,

"이 애 사령들아! 너희들도 영문에 들어가거든 꼭 내가 시키는 대로 이렇게만 말하여라. 강릉 경금 사는 최본평이란 양반은 아까운 재물을 결딴냈더라. 그 어림없는 양반이 서울 가서 누구 꼬임에 빠졌던지, 지금 세상에 찡찡거리는 공사청(公事廳) 내시들의 노름하는 축에 가서 무엇을 얻어먹겠다고 그런 살얼음판에 들어앉아서 노름을 하였던지, 부자득명하고 살던 재물을 죄 잃어버리고 아무것도 없다네. 대체 노름빚이 얼마나 되었던지 내시 집에서 노름빚을 받으려고 최본평이라는 그 양반 집으로 사람을 내려 보내서 전장문서(田莊文書)를 전부 뺏어가고 남은 것은 한 이십 간 되는 초가집 하나와 황소 한 필뿐이라 하니, 아무리 시골 양반이 만만하기로 남의 재물을 그렇게 뺏어 먹는 법이 있느냐? 하면서 풍을 치고 다니어라. 그러면 나는 호방 비장 나리께 들어가서 어떻게 말씀을 여쭙던지 열기(熱氣) 없이 속여 넘길 터이다.

이 애, 우리끼리 말이지 우리 영문 사또 귀에 최 서방님이 패가하셨다는 소문이 연방 들어갈 지경이면 당장에 백방(白放, 놓아 줌)하실 터이다. 또 요사이는 죄인이 어찌 많던지 옥이 툭 터지게 되었으니 쓸데없는 죄인은 곧잘 놓아 주신다. 이 애, 일전에도 울진 사는 부자 하나 잡혀왔을 때 너희들도 보았지? 그때 옥이 좁아서 가둘 데가 없다고 아뢰었더니, 사또 분부에 허물한 죄인은 더러 내놓으라고 하시더니 죄는 있고 없고 간에 거지같은 놈은 다 내놓았더라.

이 애들, 별말 말고 우리가 최 서방님 일만 잘 보아 드리자. 우리들이 서방님 일을 이렇게 잘 보아 드리는데 서방님께서 무슨 처분이 계시지 설마 그저 계시겠느냐?"

그렇게 제게 당길심 있는 말을 하면서 최씨를 위하여 줄듯이 말을 하나 최씨가 도망 못하도록 잡아 두라 하는 것은 처음과 조금도 다를 것이 없는지라.

그날 밤에는 그런 소요로 그럭저럭 밤을 새우고 그 이튿날 장차의 전례돈을 다 구처(區處)하여 원주 감영으로 환전(換錢)을 붙인 후에 최씨를 앞세우고 곧 떠나려 하는데, 본래 최병도는 경금 동네에서 득인심(得人心)한 사람이라 양반 상인 없이 최씨의 소문을 듣고 최씨를 보러 온 사람이 많으나, 장차들이 최씨를 수직하고 앉아서 누구든지 그 방에 사람이 들어가지 못하게 하는 터이라.

본평 부인이 그 남편 떠나는 것을 좀 보고자 하여 그 종 복녜를 사랑으로 내보내서 장차에게 전갈로 청을 하는데 촌 양반의 집 종이 영문 장차를 어찌 무서워하던지 사랑 뜰에 우두커니 서서 말을 못한다.

그때 마침 동네 사람들이 최씨를 보러 왔다가 보지 못하고 떠나갈 때에, 길에서 얼굴이나 본다 하고 최씨 집 사립문 밖에서 서성거리고 있는 사람도 많은 터이라. 그중에 웬 젊은 양반 하나가 정자관(程子冠) 쓰고 시골 촌에서는 물표 다를 만한 가죽신 신고 서양목(西洋木) 옥색 두루마기에 명주로 안을 받쳐 입고, 얼굴은 회오리밤 벗듯 하고 눈은 샛별 같고 나이는 삼십이 막 넘은 듯한 사람이 담뱃대 물고 마당에 섰다가, 복녜의 모양을 보고 복녜를 불러 묻는다.

"이 애 복녜야, 너 왜 거기 우두커니 서서 주저주저하느냐?"

"아씨께서 서방님께 좀 뵈옵겠다고 사랑에 나가서 그 말씀 좀 하라셔요."

관 쓴 양반이 그 말을 듣더니 사랑마루 위로 썩 올라서면서 기침 한 번을 점잖게 하며 사랑방 지게문을 뚝뚝 두드리며 영문 장교더러 할 말이 있으니 잠깐 좀 내다보라 하니, 본래 영문 장차가 감사의 비관을 가지고 촌 양반을 잡으러 나가면 암행어사 출두나 한 듯이 기승스럽게 날뛰는 것들이라 장교가 불미한 소리로,

"웬 사람이 어데를 와서 함부루 그리하느냐?"

하며 내다보기는 고사하고 사령더러 잡인들을 다 내쫓으라 하니, 사령 하나가 문을 열어젖히며 와락 나오더니 관 쓴 양반의 가슴을 내밀며 갈범같이 소리를 지르는데, 관 쓴 양반이 눈에서 불이 뚝뚝 떨어지도록 부릅뜨고 호령 한마디를 하더니 다시 마당에 서 있는 웬 사람을 내려다보며,

"이 애 천쇠야, 너 지금 내로 이 동네 백성들을 몇이 되든지 빨리 모아 데리고 오너라."

하는데 천쇠는 어젯밤에 장차들에게 얻어맞던 원수를 갚는다 싶은 마음에 신이 나서 목청이 떨어지도록 소리를 지른다.

"아랫말 김 진사 댁 서방님께서 동네 백성들을 모으라신다. 빨리 모여들어라."

하면서 사립문 밖으로 나가는데 그때는 눈이 길길이 쌓인 때라. 일 없는 농군들이 최본평 집에 영문 장차가 나와서 야단을 친다 하는 소리를 듣고 구경을 하러 왔다가 장차가 못 들어오게 하는 서슬에 겁이 나서 못 들어오고 이웃 농군의 집

에 들어앉아서 까마귀 떼같이 지껄이고 있는 터이라.

"본평 댁 서방님이 영문에 잡혀가신다지?"

"그 양반이 무슨 죄가 있어서 잡아가누?"

"죄는 무슨 죄, 돈이 있는 것이 죄이지."

"요새 세상에 양반도 돈만 있으면 저렇게 잡혀가니 우리 같은 상놈들이야 논마지기나 있으면 편히 먹고 살 수 있나?"

"이런 놈의 세상은 얼른 망하기나 했으면……. 우리 같은 만만한 백성만 죽지 말고 원이나 감사나 하여 내려오는 서울 양반까지 다 같이 죽는 꼴 좀 보게."

"원도 원이요, 감사도 감사어니와 저런 장차들부터 누가 다 때려죽여 없애버렸으면."

하면서 남의 일에 분이 잔뜩 나서 지껄이고 앉았던 차에 천쇠의 소리를 듣고 우우 몰려나오면서 무슨 일이 있느냐 묻는데, 천쇠는 본래 호들갑스럽기로 유명한 놈이라 영문 장차가 김 진사 댁 서방님을 죽이는 듯이 호들갑을 부리며 어서 본평 댁으로 들어가자 소리를 어찌 황당하게 하던지 농군들이,

"자아, 들거라!"

소리를 지르고 최본평 집 사랑 마당에 들어오는데, 제 목소리에 제가 정신을 못 차릴 지경이라.

경금 동네가 별안간에 발끈 뒤집히며 최본평 집에 무슨 야단났다 소문이 퍼지며 양반, 상인, 아이, 어른 없이 달음질을

하여 최본평 집에 몰려오는데, 마당이 좁아서 나중에 오는 사람은 들어오지 못하고 사립문 밖에 서서 궁금증이 나서 서로 말 묻느라고 야단이라.

그때 최본평 집 사랑 마당에서는 참 야단이 난 터이라. 김씨의 일호령에 원주 감영 장차들을 마당에 꿇려 앉혔는데 김씨의 호령이 서리 같다.

"너희들이 명색이 영문 장차라는 거냐? 영문 기세만 믿고 행악을 할 대로 하던 놈들은 내 손에 좀 죽어 보아라. 민요(民擾, 민란)가 나면 원과 감사가 민요에 죽는 일도 있고 군요(軍擾)가 나면 세도재상이 군요에 죽는 일이 있는 줄을 너희들이 아느냐? 내가 너희들에게 실례하기는 하였다. 너희들에게 할 말이 있으면 내 집 사랑에서 너희들을 불러서 이를 일이나, 지금 당장에 이 댁 최 서방님이 영문으로 잡혀가시는 터에 급히 너희들더러 청할 말이 있는 고로 내가 여기 서서 방에 있는 너더러 좀 나오라 하였다가 내가 너희들에게 욕을 보았다. 오냐, 여러 말 할 것 없다. 너희들 같은 놈은 어데 가서 기승을 부리다가 남에게 맞아 죽는 일이 더러 있어야 이후에 다른 장차들이 촌에 나가서 조심하는 일이 생길 터이니 오늘 너희들은 살려 보낼 수 없다."

하더니 다시 동네 백성들을 내려다보며,

"이 애, 이 동네 백성들 들어 보아라. 나는 오늘 민요 장두

(長頭)로 나서서 원주 감영 장차 몇 놈을 때려죽일 터이니 너희들이 내 말을 들을 터이냐?"

경금 백성들이 신이 나서 대답을 하는데 마당이 와글와글한다.

"네에, 소인들이 내일 감영에 다 잡혀가서 죽더라도 서방님 분부 한마디만 있으면 무슨 일이든지 하라시는 대로 거행하겠습니다."

"응, 민요를 꾸미는 놈이 살 생각을 하여서는 못쓰는 법이라. 누구든지 죽기를 겁내는 사람이 있거든 여기 있지 말고 나가고, 나와 같이 강원 감영에 잡혀가서 죽을 작정하는 사람만 나서서 몽둥이 하나씩 가지고 장차들을 막 패 죽여라."

그 소리 뚝 떨어지며 동네 백성들이 몽둥이는 들었든지 아니 들었든지 아우성 소리를 지르며 장차에게로 달려드는데, 장차의 목숨은 뭇 발길에 떨어질 모양이라.

사랑방에 앉았던 최병도는 발바닥으로 뛰어내려오고, 안중문 안에서 중문을 지치고 서서 내다보던 본평 부인은 내외가 다 무엇인지 불고염치하고 뛰어나와서 장차들을 가리고 서고, 최씨는 동네 백성을 호령하여 나가라 하나 호령은 한 사람의 목소리요, 아우성 소리는 여러 사람의 목소리라.

앞에 선 백성은 멈추고 섰으나 뒤에서는 물밀듯 밀고 들어오는데, 장차들은 어찌 위급하던지 본평 부인의 뒤에 가 서서 벌벌 떨며 살려 달라 소리만 한다.

최병도가 동네 백성이 손에 들고 있는 지게 작대기를 쑥 뺏어 들고 백성을 후려 때리려는 시늉을 하나 백성들이 피할 생각은 아니하고 섰으니, 그때 마루 위에 섰던 김씨가 동네 백성들을 내려다보며,

"이 애, 그리하여서는 못쓰겠다. 장차들을 이 댁 사랑 마당에서 때려죽일 것이 아니라 내 집 사랑 마당으로 잡아다가 죽이든지 살리든지 하자."

마당에 섰던 백성들이 일변 대답을 하며 그 대답 소리에 이어서 소리를 지른다.

"저놈들을 잡아 가지고 김 진사 댁 마당으로 가자!"

하더니 장차를 붙들러 우우 달려드니, 장차가 최본평 집 안 중문으로 뛰어들어가는데 본평 부인이 뒤에 따라 들어가며 중문을 닫아건다. 최씨가 사랑마루 위로 올라가며 김씨의 손목을 턱 붙들고 웃으면서,

"여보게, 치일이. 자네가 무슨 해거(駭擧, 얄궂은 짓)를 이렇게 하나? 동네 백성들을 내보내고 방으로 들어가세."

하더니 최씨가 일변 동네 사람들더러 다 나가라고 다시 천쇠를 불러서 사립문을 안으로 걸라 하고, 장차들은 행랑방에 들여앉히라 하고 최씨는 김씨와 같이 사랑방으로 들어가는데, 장차들은 목숨 산 것만 다행히 여겨서 최씨의 하라는 대

로만 하는 터이라. 천쇠를 따라 행랑방으로 나가 앉아서 감히 사립문 밖으로 나갈 생각을 못하고 천쇠에게 첨을 하느라고 죽을 애를 쓴다.

그때 김씨는 최씨의 사랑방에 앉아서 단둘이 공론이 부산하다.

"여보게, 주삼이. 자네나 나나 여기 있다가는 며칠이 못 되어 큰일이 날 터이니 우리들이 서울이나 가서 있다가 이 감사 갈린 후 내려오세."

"자네는 이번에 일을 장만한 사람이니 불가불 좀 피하여야 쓰려니와, 나는 어데 갈 생각은 조금도 없으니 자네만 어데로 피하게."

"자네가 아니 피할 까닭이 무엇인가?"

"응, 자네는 이번에 이 일을 석 삭 동안만 피하면 그만이라, 자네같이 논 한 마지기 없이 가난으로 패호(敗戶)한 사람을 감영에서 무엇을 얻어먹겠다고 두고두고 찾겠나? 나는 돈냥이나 있다고 이름 듣는 사람이라 이 감사가 갈려 가더라도 또 감사가 내려오고, 내가 타도에 가서 살더라도 그 도에도 감사가 있는 터이라 돈푼이나 있는 백성은 죄가 있든지 없든지 다 망하는 이 세상에 내가 가면 어데로 가며 피하면 어느 때까지 피하겠나, 응?

뺏으면 뺏기고 죽이면 죽고 당하는 대로 앉아 당하지. 말

이 났으니 말이지, 백성이 이렇게 살 수 없이 된 나라가 아니
망할 수 있나, 응? 말을 하자 하면 하루, 이틀, 한 달, 두 달
에 다 못할 일이라. 그 말은 그만두고 우리들의 일 조처할 말
이나 하세. 자네는 돈 한 푼 변통하기 어려운 사람인데 이번
에 망나니 같은 감사에게 미움 받을 짓을 하고 여기 있을 수
야 있나? 그러나 어데로 가든지 돈 한 푼 없이 어찌 나서겠
나? 내가 표 하나를 써서 줄 터이니 내 마름을 불러서 이 돈
을 찾아가지고 어데든지 잘 가 있게. 나는 이 길로 장차를 따
라서 영문으로 잡혀갈 터일세."

하면서 엽전 천 냥 표를 써서 김씨를 주고 벌떡 일어나며,

"응, 친구도 작별하려니와 우리 마누라도 좀 작별하여야
하겠네."

하더니 안으로 들어가는데, 김씨는 앞에 놓인 돈표(어음) 거
들떠보지도 아니하고 고개를 푹 수그리고 한참 동안을 앉았
다가 고개를 번쩍 들며,

"응, 그럴 일이야. 주삼이 떠나는 꼴은 보아 무엇하게?"

하더니 돈표를 집어서 부시쌈지 속에 넣고 안으로 향하여
소리 한마디를 꽥 지른다.

"여보게, 주삼이. 나는 먼저 가네. 죽는 놈은 죽거니와 사
는 놈은 살아야 하느니. 세상이 망할 듯하거든 흥할 도리 하
는 사람이 있어야 쓰는 법이라. 다 각각 제 생각 도는 대로

하여 보세."

하면서 나가는데 최씨는 안에서 목소리를 크게 하여 외마디 대답이라,

"어이, 알아들었네. 잘 가게그려!"

하는 말이 최씨와 김씨 두 사람만 서로 알아들을 뿐이라. 김씨는 어데든지 멀리 달아날 작정이요, 최씨는 감영으로 잡혀갈 마음으로 작별하는데 부인이 울며,

"여보, 옥순 아버지. 무슨 죄가 있어서 원주 감영에서 잡으러 내려왔소?"

"응, 죄는 많이 지었지."

부인이 깜짝 놀라면서,

"여보, 그것이 무슨 말씀이오? 무슨 죄를 그렇게 많이 지으셨단 말이오? 열 길 물속은 알아도 한 길 사람의 속은 모른다더니 나는 내외간이라도 그러실 줄은 몰랐소그려. 삼순구식(三旬九食, 가난함)을 못 얻어먹는 사람이라도 제 마음만 옳게 가지고 그른 일만 아니하고 있으면 어느 때든지 한 때가 있을 것이오. 만일 그른 마음먹고 남에게 적악을 하든지 나라에 죄 될 일을 할 지경이면 하늘이 미워하고 조물이 시기하여 필경 그 죄를 받을 것이니 사람이 죄를 짓고 죄 받는 것을 어찌 한탄한단 말이오? 말으시오, 말으시오. 무슨 죄를 짓고 저 지경을 당하시오?"

"응, 죄를 나 혼자 지었다구? 두 내외 같이 지었지."

"여보, 남의 애매한 말 말으시오. 나는 철난 후로 죄 될 일을 한 것 없소. 손톱 발톱이 닳도록 벌어 놓은 재물을 애껴 먹고 애껴 쓰면서, 배고픈 사람을 보면 내 배를 덜 채우고 한 술 밥이라도 먹여 보내고 동지섣달에 살을 가리지 못하고 얼어 죽게 된 사람을 보면 내가 입던 옷 한 가지라도 입혀 보내고, 손톱만치도 사람을 속여 본 일도 없고 털끝만치도 남을 해치려는 마음을 먹은 일이 없소. 없소, 없소, 죄 될 일은 아무것도 한 것 없소.

여보시오, 여편네라고 업신여기지 말으시고 내 말 좀 들어 보시오. 죄 될 일을 하실 때에 하느님 버력(벌)도 무섭지 아니하고 귀신의 앙화도 겁나지 아니하더라도 처자가 부끄러워서 죄 될 일을 어찌 하셨단 말이오? 영문에서까지 알고 잡으러 온 터인데 나 하나만 기이면(숨기면) 무엇하오?"

"응, 마누라는 죄를 지어도 알뜰하게 잘 지었지. 우리 죄는 두 가지 죄이라, 한 가지는 재물 모은 죄요, 한 가지는 세력 없는 죄."

"여보, 그것이 무슨 죄란 말이오?"

"응, 우리 나라에서는 녹피에 가로왈 자같이, 법을 써서 죽이고 싶은 사람이 있으면 없는 죄를 만들어 뒤집어씌우고 살리고 싶은 사람이 있으면 있는 죄도 벗겨 주는 세상이라. 이러한 세상에 재물을 가진 백성이 있으면 그 백성 다스리는 관원이 그 재물을 뺏어 먹으려고 없는 죄를 만들어서 남을 망해 놓고 재물을 뺏어 먹는 세상이니 그런 줄이나 알고 지내오. 그러나 마누라가 지금 태중이라지? 언제가 산월이오?"

"……."

"아들이나 낳거든 공부나 잘 시켜야 할 터인데……."

"여보, 그런 말씀은 지금 할 말이 아니오. 몇 달 후에 낳을 어린아이의 말과 몇 해 후에 그 아이 공부 시킬 일을 왜 지금 말씀하신단 말이오? 옥순 아비지가 영문에 잡혀가시더라도 죄 없는 사람이라 가시는 길로 놓여나오실 터이니 왕환(往還)하는 동안이 불과 며칠이 되겠소? 집의 일은 걱정 말으시고 부디 몸조심하여 속히 다녀오시오."

"응, 그도 그러하지. 그러나 내가 객기(客氣)가 많고 이상한 사람이야. 요새 세상에 돈만 많이 쓰면 쉽게 놓여나오는 줄은 알지마는 나라를 망하려고 기를 버럭버럭 쓰는 놈의 턱밑에 돈표를 써서 들이밀고 살려 달라 놓아 달라, 그따위 청을 하고 싶은 마음은 없는걸. 죽이거나 살리거나 제 할 대로 하라지."

"여보시오, 그것이 무슨 말씀이오? 쉽게 놓여나올 도리만 있으면 영문에 잡혀가던 그날 그시로 놓일 도리를 하실 일이지, 딴생각을 하실 까닭이 있소? 재물이 다 무엇이란 말이오? 우리 재물을 있는 대로 다 떨어 주더라도 무사히 놓여나올 도리만 하시오. 여보, 재물은 없더라도 부지런히 벌기만 하면 굶어 죽지는 아니할 터이니 재물을 아끼지 말고 몸조심만 잘하시오. 만일 우리 세간을 다 떨릴 지경이어든 사랑에서는 기직도 매고 짚신도 삼으시고 나는 베도 짜고 방아품도 팔았으면 호구(糊口)하기는 염려 없을 터이니 먹고 살 걱정을 말으시고 영문에서 횡액만 아니 당할 도리만 하시오."

"허허허, 좋은 말이로고. 마누라는 마음을 그렇게 먹어야 쓰지. 내 마음은 어떻게 들어가든지 되어 가는 대로 두고 봅시다. 자, 두말 말고 잘 지내오. 나는 원주 감영으로 가오."

하면서 벌떡 일어나서 나가더니 영문 장차들을 불러서 당장에 길을 떠나자 하니 장차들은 혼이 떴던 끝이라, 최씨 덕에 살아난 듯하여 별안간에 소인(小人)을 개올리며(낮추며) 말을 한다.

"소인들은 이번에 서방님 덕택에 살았습니다. 소인 등이 서방님을 못 잡아가고 소인 등이 영문 사또 장하에 죽는 수가 있더라도 소인들만 들어갈 터이오니 이 동네에서 무사히 잘 나가도록만 하여 주십시오."

"너희 말도 고이치 아니한 말이다마는 그렇게 못 될 일이 있다. 너희들이 나를 잡아가지 아니할 지경이면 너희들이 발뺌을 하느라고 경금 동네 백성들이 소요 부리던 말을 다 할 터이니 너희 영문 사또께서 그 말을 들으시면 경금 동네는 뿌리가 빠질 터이라. 차라리 나 한 몸이 잡혀가서 죽든지 살든지 당할 대로 당하고 동네 백성들이나 부지하게 하는 일이 옳은 일이라. 너희들이 나를 고맙게 여길진대 이 동네 백성들을 부지하게 하여 다고.

또 실상으로 말할진대 경금 동네 백성들이야 무슨 죄가 있느냐? 김 진사 댁 서방님이 시키신 일인데 그 양반은 벌써 어데로 도망하였을는지 이 동네에 있을 리가 만무한 터이라. 죄 지은 사람은 어데로 도망하였는데 무죄한 여러 사람에게 그 죄가 미쳐서야 쓰느냐? 그러나 관속이라는 것은 믿을 수가 없는 것이라. 너희들이 이 동네 있을 때는 좋은 말로 내 앞에서 대답을 하였더라도 영문에 들어가면 필경 만만한 경금 동네 백성들을 결딴내려 들 줄을 내가 짐작한다.

만일 너희들이 내 말대로 아니할 지경이면 나는 너희들이 내 집에 와서 작폐(作弊)하던 말을 낱낱이 하고 내가 너희들에게 차사례(뇌물) 뺏기던 일도 낱낱이 하여 너희들을 순사도 눈 밖에 나도록 말할 터이니, 너희들은 너희 몸의 이해를 생각하여 나 하나만 잡아가고 경금 동네 백성들에게는 일없도록만 하여 다고. 그러나 너희들이 하룻밤이라도 이 동네 있는 것이 부끄러운 일이니 날이 저물었더라도 지금으로 떠나 가자.”

하더니 장차는 앞에 서고 최씨는 뒤에 서서 사랑 마당으로 나가는데 안중문간에서 부인과 옥순의 울음소리가 난다. 부인이 한참 동안을 정신없이 울다가 옥순이를 데리고 사립문 밖으로 나가더니, 그 남편 간 곳을 우두커니 바라보고 섰는데 남편은 간곳없고 대관령만 높았더라.

원주 감영에 동요가 생겼는데 그 동요가 너무 괴악한 고로 아이들이 그 노래를 할 때마다 나이 많은 사람들이 꾸짖어서 그런 노래를 못하게 하나 철모르는 아이들이 종종 그 노래를 한다.

내려왔네, 내려왔네, 불가사리가 내려왔네.
무엇하러 내려왔나, 쇠 잡아먹으러 내려왔네.

그런 노래 하는 아이들은 무슨 의미인지 모르고 하는 노래이나 듣는 사람들은 불가사리라 하는 것이 감사를 지목한 말이라 한다. 그것은 무슨 곡절인고? 거짓말일지라도 옛날에 불가사리라 하는 물건 하나 생겨나더니 어디든지 뛰어다니면서 쇠란 쇠는 다 집어먹은 일이 있었다 하는데, 감사가 내려와서 강원도 돈을 싹싹 핥아먹으려 드는 고로 그 동요가 생겼다 하는지라.

이때 동요는 고사하고 진남 문밖에 익명서가 한 달에 몇 번씩 걸려도 감사는 모르는 체하고 저 할 일만 한다. 그 하는 일은 무슨 일인고? 긁어서 바치는 일이라. 긁기는 무엇을 긁으며 바치기는 어디로 바치는고? 강원 일도에 먹고 사는 재물을 뺏어다가 서울 있는 상전들에게 바치는 일이라. 상전이라 하면 강원 감사가 남의 집에 문서 있는 종이 아니라, 무서워하기를 상전같이 알고 믿기를 상전같이 믿고 섬기기를 상전같이 섬기는데 그 상전에게 등을 대고 만만한 사람을 죽여내는 판이라.

대체 그런 상전 섬기기는 어렵고도 쉬운 터이라. 어려운 것은 무엇인고? 만일 백성을 위하여 청백리 노릇만 하고 상전에게 바치는 것이 없을 지경이면 가지고 있는 인(印)꼭지(도장 손잡이)를 며칠 쥐어 보지도 못하고 떨어지는 터이요, 또 전정이 막혀서 다시 벼슬이라도 얻어 하여 볼 수가 없는 터이라. 그런고로 그 상전 섬기기가 어렵다 하는 것이라.

쉬운 것은 무엇인고? 우물고누 첫수(유일한 수단)로 백성의 피를 긁어 바치기만 잘하면 그만이라. 이때 강원 감사가 그 일을 썩 쉽게 잘하는 사람인데 또 믿을 만한 상전도 많은지라. 많은 상전을 누구누구라고 열명을 할진대 종 문서같이 상전 문서장이나 있어야 그 상전을 다 기억할지라, 세도재상도 상전이요, 별입시(別入侍)도 상전이요, 긴한 내시도 상전이요, 그 외에도 상전 낱이나 있는데 그중에 믿을 만한 상전 하나가 있다.

상전 부모라 하니 어머니, 어머니, 불렀으면 좋으련마는 원수의 나이 어머니라기는 남이 부끄러울만한 터인 고로 누님, 누님, 하는 여상전(女上典)이라. 그 상전의 힘으로 감사도 얻어 하고 그 상전의 힘을 믿고 백성의 돈을 불한당질하는데, 그 불한당 밑에 졸개 도적은 줄남생이 따르듯 하였더라.

강원 감영 아전은 본래 사람의 별명 잘 짓기로 유명한 사람들이라. 감사의 식구를 별명 지은 것이 있었는데 골고루 잘 모인 모양이라.

순사도는 쇠귀신
호방 비장은 노랑 수건
병방 비장은 소경 불한당
공방 비장은 초라니
회계 비장은 갈강쇠
별실 마마는 계집 망나니
수청 기생은 불여우

별명은 다 다르나 심정은 똑같은 위인이라. 무슨 심정이 같으냐 할 지경이면 괴수나 졸개나 불한당질할 마음은 일반이라. 대체 잔치하는 집에 떡 부스러기, 국수 갈구랑이, 실과

낱 헤어지듯이 감사가 돈 먹는 서슬에 여간청 거간(居間)이나 한두 번 얻어 하면, 큰 돈머리는 감사가 다 집어먹고 거간꾼은 중비만 얻어먹더라도 수가 문청문청 난 사람이 몇인지 모르는 판이라. 감사도 눈이 벌겋고 조방(助幇)꾸니(오입판의 잔심부름꾼)도 눈이 벌게 날뛰는데, 강원도 백성들은 세간이 뿌리가 쑥쑥 빠질 지경이라.

강원 감영 선화당 마당에는 형장 소리가 끊어지지 아니하고 선화당 위에는 풍류 소리가 끊어질 때가 없다. 꽃 같은 기생들이 꾀꼬리 같은 목청으로 약산동대(藥山東臺) 야지러신 바위를 부르면서 옥 같은 손으로 술잔을 드리는데, 수염이 희끗희끗한 늙은이가 웬 계집을 그렇게 좋아하던지 침을 께에 흘리며 기생의 얼굴만 쳐다보며 술잔을 받아먹는 감사의 얼굴도 구경 삼아 한 번 쳐다볼 만하다.

거문고는 두덩실, 양금(洋琴)은 증지당, 피리는 닐리리, 장구는 꿍 하는데, 꽃밭에 흩날리는 나비같이 너울너푼 너푼너울 춤추는 것은 장번(長番, 장기간 근무) 수청 기생 계화라. 때때로 여러 기생들이 지화자 부르는 소리는 꾀꼬리 세계에 야단이 난 것 같다.

감사는 놀이에 흥이 날 대로 나고 기생에게 정신이 빠질 대로 빠지고 그중에 술이 얼근하여 산동(山東)이 대란(大亂)하더라도 심상한 판이라. 산동은 남의 나라 땅이어니와 우리 나라 영동이 대란하더라도 심상하여 그 놀음놀이만 하고 있을 터이라. 그런 때는 영문에 무슨 일이 있든지 아전들이 그 일을 감사에게 거래(去來)를 아니하고 그 노래 끝나기를 기다리든지 그 이튿날 조사 끝에 품하든지 하지마는, 만일 감사에게 제일 긴한 일이 있으면 불류시각(不留時刻)하고 품하는 터이라. 목청 좋은 급창(及唱, 큰 소리로 명령을 전달하는 하인)이가 섬돌 위에 올라서서 웅장한 소리를 쌍으로 어울러서,

"강릉 출사 갔던 장차 현신 아뢰오."

하는 소리에 감사의 귀가 번쩍 띄어서 내다본다. 풍류 소리가 별안간에 뚝 그치고 급창의 청령(聽令) 소리가 연하여 높았더라.

"형방 영리 불러라. 강릉 경금 사는 최병도 잡아들여라. 빨리 거행하여라."

영이 뚝 떨어지며 사령들은 일변 긴 대답을 하며 풍우같이 몰려 들어오고, 최병도는 난전(亂廛) 몰려 들어오듯 잡혀 들어오는데, 영문이 발끈 뒤집힌다.

죄는 있고 없고 간에 최병도의 간은 콩만하게 졸아지고 감사의 간(肝) 잎은 자라 몸뚱이같이 널브러진다. 콩만하게 졸아드는 간은 겁이 나서 그러하거니와 자라 몸뚱이같이 널브러지는 간은 무슨 곡절인고? 흥이 날 대로 나서 조개 입술 내밀듯이 너울거리고 있다.

감사의 마음은 범이 노루나 사슴이나 잡아 놓은 듯이 한 밥 잘 먹겠다 싶은 생각에 흥이 나고, 최병도의 마음은 우렁이가 황새나 왜가리나 만나서 이제는 저놈에게 찍히겠다 싶은 생각에 겁이 잔뜩 난다.

사령(辭令) 좋은 형방 영리는 감사의 말을 받아서 내리는데 최병도의 죄목이라.

"여보아라, 최병도, 분부 듣거라. 너는 소위 대민 명색으로 부모에게 불효하고 형제에게 불목하니 천지간에 용납지 못할 죄라, 풍화소관(風化所關)에 법을 알리겠다."

하는 선고(宣告)이라 좌우에 늘어선 사령들은 분부 듣거라 소리를 영문이 떠나가도록 지르는데, 여간 당돌한 사람이 아니면 정신을 차릴 수 없는지라.

최병도가 그 말을 듣고 기가 막혀서 땅을 두드리며 대답을 하는데, 본래 글 잘하는 사람이라 말을 냅뜰 때마다 문자요, 문자마다 새겨서 말을 한다.

"옛말에 하였으되 아버지가 나를 낳으시고 어머니가 나를 기르셨으니 은혜를 갚고자 할진대 호천망극이라(父兮生我, 母兮鞠我, 欲報之德, 昊天罔極) 하였으니, 부모의 은혜를 갚지 못한 사람은 천지간 죄인이라. 그러한즉 생은 부모의 은혜를 갚지 못하였으니 그런 죄가 어데 있겠습니까?

생의 모친이 초산에 생을 낳고 해산 후더침으로 생의 삼칠

일 안에 죽었는데, 생의 부친이 생을 기르느라고 앞뒷집으로
안고 다니며 젖을 얻어먹이다가 생의 자라는 것을 못 보고 생
의 돌 전에 죽고 생은 이모의 손에 길렀사온즉, 생이 장성한
후에 생의 손으로 죽 한 모금 밥 한술을 부모께 봉양치 못하
였으니 그런 불효가 천지간에 또 어데 있겠습니까? 다섯 가
지 형법에 죄가 불효보다 더 큰 것이 없다(五刑之屬三千而罪莫
大於不孝) 하였으니 생이 부모의 은혜를 갚지 못한 그런 큰 죄
를 어찌 면코자 하겠습니까?

　또 옛말에 형제가 이미 화합하여야 화락하고 또 맑다(兄弟
旣翕和樂且湛) 하였는데, 생은 본래 삼대독자로 자매도 없는 사
람이라 단독일신이 혈혈고고(子子孤孤)하여 평생에 우애라고
는 모르고 지냈으니 그런 부제(不悌)가 또 어데 있겠습니까?

　생이 효도 못하여 보고 우애도 못하여 보았으니 불효부제
의 죄목이 생에게 원통치는 아니하나 그런 죄는 생이 짐짓 지
은 것이 아니요, 하늘이 지어 주신 죄이니 순사도께서 생의
죄를 어떻게 다스리시고 법을 어떻게 알리시려는지 모르거
니와, 죄가 있는지 없는지 의심나는 것은 오직 가벼웁게 다
스린다(罪疑惟輕)는 말이 있사오니 순사도께서는 밝은 법으로
다스려 주시기를 바랍니다."

　그렇게 하는 말이 폭포수 떨어지듯 쉴 새 없이 나오는데 들
고 보는 사람들이,

"최병도가 죄 없는 사람이라."

"애매히 잡혀 온 사람이라."

"그 정경이 참 불쌍한 사람이라."

하며 수군거리는 소리는 사람마다 있는 측은한 마음에서 나오는 말이라. 그러나 그중에 측은한 마음이 조금도 없는 사람은 감사 하나뿐이라, 부끄러운 생각이 있던지 얼굴이 벌게지며 두 볼이 축 처지도록 율기(律己, 안색을 엄정히 함)를 잔뜩 뿜고 앉아서 불호령을 하는데, 최병도의 죄목은 새 죄목이라.

무슨 죄가 삽시간에 생겼는고? 최씨는 순리로 말을 하였으나 감사는 그 말을 듣고 관정발악(官庭發惡)한다 하면서 형틀을 들여라, 별형장(別刑杖)을 들여라, 집장사령을 골라 세라 하는 영이 떨어지며 물 끓듯 하는 사령들이 이리 몰려가고 저리 몰려가고 갈팡질팡하더니, 일변 형틀을 들여놓으며 일변 산장(散杖)을 끼웠더니 최병도를 형틀 위에 동그랗게 올려 매고 형문(刑問)을 친다.

형방 영리는 목청을 돌아서 첫 매부터 피를 묻혀 올리라 하는 영을 전하는데, 형문 맞는 사람은 고사하고 집장사령이 죽을 지경이라. 사령은 젖 먹던 힘을 다 들여 치건마는 감사는 헐장(歇杖)한다고 벼락령이 내린다. 집장사령의 죽지를 떼어라, 오금을 끊어라 하는 서슬에 집장사령이 매질을 어떻게 몹시 하였던지 형문 한 치에 최병도가 정신이 있을락 없을락 할

지경인데, 그러한 최병도를 큰칼을 씌워서 옥중에 내려 가두
니 그 옥은 사람 하나씩 가두는 별옥이라. 별옥이라 하면 최
씨를 대접하여 특별히 편히 있을 곳에 가둔 것이 아니라 부
자를 잡아 오면 가두는 곳이 따로 있는 터이라.

무슨 까닭으로 별옥을 지었으며 무슨 까닭으로 부자를 잡
아 오면 따로 가두는고? 대체 그 감사가 백성의 돈 뺏어 먹
는 일에는 썩 솜씨 있는 사람이라. 별옥이 몇 간이나 되는 옥
인지 부민(富民)을 잡아 오면 한 간에 사람 하나씩 따로따로
가두고 뒤로 사람을 보내서 으르고 달래고 꾀고 별 농락을
다하여 돈을 우려낼 대로 우려내는 터이라.

최병도가 그런 옥중에 여러 달 동안을 갇혀 있는데 장처(杖
處)가 아물 만하면 잡혀 들어가서 형문 한 치씩 맞고 갇히나,
그러나 최씨는 종시 감사에게 돈 바치고 놓여 나갈 생각이 없
고 밤낮으로 장독 나서 앓는 소리와 감사가 미워서 이 가는
소리뿐이라. 옥중에서 그렇게 세월을 보내는데 엄동설한에
잡혀갔던 사람이 그 이듬해가 되었더라.

하지 머리에 비가 뚝뚝 떨어지며 시골 농가에서는 눈코 뜰
새 없이 바쁜 터이라. 밀보리 타작을 못다 하고 모심기 시작
이 되었는데 강릉 대관령 밑 경금 동네 앞 논에서 농부가가
높았더라.

보리 곱살미 댓되 밥을 먹은 후에 곁두리로 보리 탁주를 사

발로 퍼먹은 농부들이 북통 같은 배를 질질 끌고 기역자로 꾸부리고 서서 왼손에 모춤을 들고 오른손으로 모포기를 찢어 심으며 뒷걸음을 슬슬 하여 나가는데 힘들고 괴로운 줄은 조금도 모르고 흥이 나서 소리를 한다. 그 소리는 선소리꾼이 당장 지어 하는 소리인데, 워낙 입심이 썩 좋은 사람이라 서슴지 아니하고 소리를 먹이는데 썩 듣기 좋게 잘하는 소리러라.

서어 마지기 방석밤이 산골 논으로는 제법 크다, 여어허 여어허 어여라 상사디이야.

한일 자로 늘어서서 입구 자로 심어 가세, 여어허 여어허 어여라 상사디이야.

불볕을 등에 지고 진흙물에 들어서서 이 농사를 지어서 누구하고 먹자 하노? 여어허 여어허 어여라 상사디이야.

하느님이 사람 내고 땅님이 먹을 것 내서 우리 생명 보호하니 부모 같은 덕택이라, 여어허 여어허 어여라 상사디이야.

신농씨 교육 받아 논밭 풀어 농사하고 수인씨(燧人氏) 법을 받아 화식한 이후에는 사람 생애 넉넉하여 퍼지느니 인종일세, 여어허 여어허 어여라 상사디이야.

쟁반 같은 논배미에 지뼘 한 뼘 물을 싣고 어레 같은 써레발로 목침 같은 흙덩이를 팥고물같이 풀어놓았네, 여어허 여어허 어여라 상사디이야.

흙 한 덩이에 손이 가고 벼 한 포기에 공이 드니 이 공덕을 생각하면 쌀 한 톨을 누구를 주며 밥 한 술을 누구를 줄까? 여어허 여어허 어여라 상사디이야.

　바특바특 들어서서 촘촘히 잘 심어라. 이 논이 토박(土薄)하고 논임자는 가난하여 봄 양식 떨어지고 굶기에 골몰하여 대관령 흔한 풀에 거름조차 못하였다, 여어허 여어허 어여라 상사디이야.

　우리 동네 박 첨지, 올해 농사 또 잘되겠네, 한 섬지기 농사, 사흘 갈이 밭농사에 백 짐 풀을 베어 넣고 그것도 부족하여 쇠두엄을 덮었다네, 여어허 여어허 어여라 상사디이야.

　염려되데, 염려되데, 박 첨지 집 염려되데. 지붕 처마 두둑하고 볏섬이나 쌓였다고 앞뒤 동네 소문났데. 관가 영문에 들어가면 없는 죄에 걸려들어 톡톡 털고 거지 되리, 여어허 여어허 어여라 상사디이야.

　우리 동네 최 서방님 굳기는 하지마는 그른 일은 없더니라. 베 천이나 하는 죄로 영문에 잡혀가서 형문 맞고 큰칼 쓰고 옥궁에 갇혀 있어 반년을 못 나오데, 여어허 여어허 어여라 상사디이야.

　삼대독자 최 서방님 조실부모하였으니 불효부제 죄목 들기 그 아니 원통한가? 순사도 그 양반이 정씨 성을 가지고 돈 소리에만 귀가 길고 원망 소리에는 귀먹었데, 여어허 여어허 어여라 상사디이야.

　우리 동무 내 말 듣게, 이 농사를 지어서 먹고 입고 남거든 돈 모을 생각 말고 술 먹고 노름하고 놀 대로 놀아 보세. 마구 뺏는 이 세상에 부자 되면 경치느니, 여어허 여어허 어여라 상사디이야.

　한참 그렇게 흥이 나서 소리를 하다가 저녁곁두리 술 한 참을 또 먹는데, 술동이 앞에 삥 둘러앉아서 양 대로 막 퍼먹고 모심기를 시작한다. 그때는 선소리꾼이 자진가락으로 소리를 먹이는데 얼근한 김에 흥이 한층 더 나서 되고 말고 한 소리를 함부로 주워대는데, 나중에는 최병도의 노래뿐이라.

　일락서산 해 떨어진다, 모춤을 들어라, 모포기를 찢어라, 얼른얼른 죄어쳐서 저 논 한 뼘 더 심어 보자, 여어허 여어허 어여라 상사디이야.

　저기 선 저 아주머니 치마 뒤에 흙 묻었소, 동그마니 치켜 걷고 다부지게 심어 보오, 먹고 사는 생애 일에 넓적다리 남 뵈기로 무엇이 그리 부끄럽소, 여어허 여어허 어여라 상사디이야.

　고수머리 저 총각 음침하기는 다시없는데, 낮전부터 보아도 개똥 어머니 뒤만 따른다, 개똥 아버지가 살았던들 날라리뼈

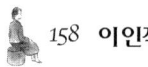

분질러 통솟대를 팼을라, 여어허 여어허 어여라 상사디이야.

　최 풍헌 집 머슴 녀석 이리 와서 내 말 좀 들어라, 물갈이 논에 건갈이하기, 찬물받이에 못자리하기, 물방아 찧다가 낮잠 자기, 보릿단 훔쳐다가 술 사 먹기, 제반악증(여러 악한 짓)은 다 가진 놈이 최 풍헌이 잔소리하고, 주인마누라 죽 자주 쑨다고 무슨 염치에 흥을 보아, 여어허 여어허 어여라 상사디이야.

　모춤 나르는 강 생원 얼굴 좀 들어서 나를 쳐다보오, 그따위로 행세를 하다가 쳇불관 쓰고 몽둥이 맞으리, 코훌쩍이 술장사 년 무엇이 탐나서 미쳤소, 밀 한 섬 팔아서 치마 해 주고, 아씨 강샘(질투, 투기)을 만나서 노랑 수염을 다 뽑히고 동경 강 생원이 되었데, 여어허 여어허 어여라 상사디이야.

　이 논임자 배춘보, 인심 좋기는 다시없데, 저 먹을 것은 없어도 일꾼 대접은 썩 잘하네, 보리탁주 곁두리 실컷 먹고 또 남았네, 배춘보야, 들어 보아라, 네가 참 잘 알아챘다, 다 막 먹고 막 써서 부모 세덕(世德) 다 없애고 가난뱅이 되었으니 네 신상에는 편하니라, 몇백이나 하던 재물 지금까지 지녔던들 걸렸을라, 걸렸을라, 영문 고밀개(고무래)에 걸렸을라, 강원 감사 정등내(政等內) 곰배 정짜는 아니지마는 고밀개는 가지고 왔데, 앞으로 끌고 뒤로 끌고 이리 끌고 저리 끌고, 자나 굵으나 굵으나 자나 득득 긁어 들이는 판에, 너조차 걸려

들어 사령에게 고랑 맛, 사또 앞에 태장 맛, 이 세상에 따가운 맛 볼 대로 다 본 후에 네 재물 있는 대로 툭툭 떨어 다 바치고 거지 되어 나왔을라, 여어허 여어허 어여라 상사디이야.

못 볼러라, 못 볼러라, 불쌍하여 못 볼러라, 우리 동네 최 서방님, 불쌍하여 못 볼러라, 옥 부비(浮費, 비용) 보낼 때에 내가 갔다 어제 왔다, 옥사장에게 인정 쓰고 겨우 들어가 보았다, 여어허 여어허 어여라 상사디이야.

거적자리 북데기는 개국 원년에 간 것인지 더럽기도 하려니와 밑에서는 썩어나데, 사람 자는 아랫목은 보리알 같은 이 천지요, 똥 누는 윗목에는 꽁지벌레 천지라, 설설 기어 다니다가 사람에게로 기어 오네, 여어허 여어허 어여라 상사디이야.

그 속에서 잠자고 그 속에서 밥 먹는 최 서방님을 볼진대 눈물 나서 못 보겠데, 우리 눈이 무디지마는 오지랖이 다 젖었다, 여어허 여어허 어여라 상사디이야.

누렇게 뜬 얼굴 눈두덩이 수북한데 살이 찐 줄 알았더니 부기가 나서 그러하데, 여어허 여어허 어여라 상사디이야.

빗지 못한 합수머리 갈기머리가 되어서 눈을 덮고 귀를 덮어 귀신같이 된 모양 꿈에 볼까 겁나데, 여어허 여어허 어여라 상사디이야.

형문 맞은 앞정강이 살이 푹푹 썩어 나고 하얀 뼈가 드러나서 못 볼러라, 못 볼러라, 소름 끼쳐 못 볼러라, 여어허 여어허 어여라 상사디이야.

독하더라, 독하더라, 순사도가 독하더라, 아비 쳐 죽인 원수라도 그렇게는 못 할네, 목을 베면 베었지, 사람을 어데 썩여 죽이나, 여어허 여어허 어여라 상사디이야.

글 잘하는 양반이 말을 하여도 남과 다르데, 최 서방님이 나를 보고 순사도를 욕을 하는데, 나라 망할 놈이라고 이를 북북 갈고 피를 퍽퍽 토하면서 우리 나라 백성들이 불쌍하다고 말을 하니, 그 매를 그렇게 맞고 그 고생을 그리 하면서 내 몸 생각은 조금도 없고 나라 망할 근심이데, 여어허 여어허 어여라 상사디이야.

못 살러라, 못 살러라, 최 서방님 못 살러라, 장독 나서 못 살러라, 먹지 못해 못 살러라, 최 서방님 살거들랑 내 손톱에 장 지져라, 여어허 여어허 어여라 상사디이야.

최본평 댁 아씨께는 이런 말도 못했다. 남이 들어도 눈물을 내니 그 아씨가 들으시면 오죽 대단하시겠나, 여어허 여어허 어여라 상사디이야.

그 서방님이 돌아가면 그 댁 일도 말 못 되네. 아들 없고 딸뿐인데 과부 아씨가 불쌍하다, 여어허 여어허 어여라 상사디이야.

최 서방님 죽었다고 통부(通訃) 오는 그날로 동네 백성 우리들이 송장 찾으러 여럿이 가서 기구 있게 메고 오세, 여어허 여어허 어여라 상사디이야.

장사를 지낼 때도 우리들이 상여꾼이 되어 소방상(小方狀) 대틀에 기구 있게 메고 가며 상두 소리나 잘해 보세, 여어허 여어허 어여라 상사디이야.

무덤을 지을 때도 우리들이 달굿대 들고 달구질이나 잘해 보세, 여어허 여어허 어여라 상사디이야.

죄 없는 최 서방님, 원주 감영 옥중에서 원통히 죽은 넋두리는 입담 좋고 넉살 좋은 김헐렁이 내가 하마, 여어허 여어허 어여라 상사디이야.

그 농부가 소리가 최병도 집 안방에서 낱낱이 들리는 터이라. 해는 뚝 떨어져서 땅거미가 되고 저녁연기는 슬슬 몰려서 대관령 산 밑에 한일 자로 비꼈는데 농부가는 뚝 그치고 최병도 집 안방에서 울음소리가 쌍으로 일어난다. 하나는 최병도 부인의 울음소리요, 또 하나는 그 딸 옥순이가 어머니를 따라 우는 소리라. 최병도의 부인이 목을 놓아 울며 원통한 사정을 말한다.

"이 애 옥순아, 저 농부의 노랫소리를 너도 알아들었느냐? 너의 아버지께서 원주 감영 옥중에서 돌아가시게 되었다는

구나. 너의 아버지께서 일평생에 그른 일 하시는 것은 내 눈으로는 못 보고 내 귀로는 못 들었다. 무슨 죄가 있다고 강원 감사가 잡아다가 땅땅 때려죽인단 말이냐? 에그, 이를 어찌하잔 말이냐? 너의 아버지께서 귀신 모르는 죽음을 하신단 말이냐? 감사도 사람이지, 남의 돈을 뺏어 먹으려고 무죄한 사람을 잡아다가 돈이 나오도록 제반 악형을 모두 하고 옥중에 가두었다가 돈을 아니 준다고 필경 목숨까지 없애버린단 말이냐?

이 애 옥순아, 옥순아, 너의 아버지께서 병이 들어 돌아가시더라도 청춘과부 되는 내 평생에 설움이 한량없을 터인데, 생떼같이 성한 너의 아버지가 남의 손에 몹시 돌아가시면 내 평생에 한 되는 마음이 어떠하겠느냐? 옥순아, 옥순아, 너의 아버지가 참 돌아가시면 나는 너의 아버지를 따라 죽겠다."

하며 기가 막혀 우는데 옥순이가 그 말을 듣더니 그 어머니 무릎 위에 올라앉아서 어머니를 얼싸안고 울며,

"어머니, 어머니. 어머니가 죽으면 나 혼자 어찌 사노? 어머니가 죽으려거든 나 먼저 죽여 주오."

하며 모녀가 마주 붙들고 우는 소리에 그 동네 사람들은 그 울음소리를 듣더니, 최병도가 죽었다는 기별을 듣고 우는 줄 알고 최병도가 죽었다고 영절스럽게 하는 말이, 한 입 건너 두 입, 두 입 건너 세 입, 그렇게 온 동네로 퍼지면서 말이 점

점 보태고 점점 와전이 되어, 회오리바람 불듯 뺑뺑 돌아들고 돌아들어서 한 사람의 귀에 세 번, 네 번을 거푸 들리며 사람마다 그 말이 진적(眞的)한 소문인 줄로 여겼더라.

이웃에 사는 늙은 할미 하나가 두어 달 전에 외아들 참척(慘慽, 부모보다 먼저 죽음)을 보고 제 설움이 썩 많은 사람이라 최병도 집에 와서 안방 문을 열고 와락 들어오며,

"에그, 이런 변이 있나? 이 댁 서방님이 돌아가셨다네."

하더니 청승주머니가 툭 터지며 목을 놓고 우니, 그때 부인이 울고 앉았다가 그 소리에 깜짝 놀라서 고개를 번쩍 들며,

"응, 그것이 무슨 말인가? 그 말을 뉘게 들었나? 이 사람, 이 사람, 울지 말고 말 좀 자세히 하게."

하면서 정작 설워할 본평 부인은 정신을 차려서 말을 하나 그 할미는 대답할 경황도 없이 우는지라. 동네 농군의 계집들이 할미 대신 대답을 하는데, 나도 그 말을 들었소, 나도 들었소, 나도, 나도, 하는 소리에 부인이 그 말을 더 물을 경황도 없이 기가 막혀 울기만 한다.

본래 그 동네에서 최병도가 무죄히 잡혀간 것은 사람마다 불쌍히 여기는 터이라. 최병도가 인심을 그렇게 얻은 것은 아니나 강원 감사에게 학정(虐政, 포학한 정치)을 받고 사는 백성들의 마음이라, 초록은 한 빛이 되어 감사를 원망하고 최병도의 일을 원통히 여기던 차에 최병도 죽었다는 말을 듣고 남의

일 같지 아니하여 동네 사람들이 남녀노소 없이 최병도 집에 와서 화톳불을 질러 놓고 밤을 새우면서 공론이 부산하다.

최병도 집은 외무주장(外無主張, 장성한 남자가 없음)하게 된 집이라 동네 사람들이 제 일같이 일을 보는 것이 도리에 옳다 하여, 일변으로 송장 찾으러 갈 사람들을 정하고 일변으로 초상 치를 의논하는 중에 박 좌수라 하는 노인이 오더니 그 일 주장하는 사람이 되었더라.

본래 박 좌수는 십 년 전에 좌수(座首)를 지내고 일도 아는 사람이라, 최병도 죽었다는 기별이 왔느냐 물으며 그 말 들은 곳을 캐는데, 필경은 풍설인 줄을 알고 일변으로 계집사람을 안으로 들여보내서 최 부인에게 헛소문이라는 말을 자세히 하고, 일변으로 원주 감영에 전인하여 알아보라 하니 헛소문이라는 말을 듣고 어떻게 기쁘던지 눈에는 눈물이 떨어지며 얼굴에는 웃음빛이 띄었더라.

그때는 밤중이라 감영에로 급주(急走)를 띄워 보내더라도 대관령 같은 장산(長山)을 사람 하나나 둘이나 보내기는 염려된다 하여 장정 4, 5인을 뽑아 보내려 하는데, 최 부인이 그 남편 생전에 얼굴 한번을 만나 보겠다 하여 교군을 얻어 달라 하거늘, 몸 수고 아끼지 아니하는 농부들이 자원하여 교군꾼으로 나서니 비록 서투른 교군이나 장정 여덟 명이 번갈아 가며 교군을 메고 들장대질을 하는데, 주마(走馬)같이 빠른 교군을 타고 가면서 날개 돋쳐 날아가지 못함을 한탄하는 사람은 그 교군 속에 앉은 최 부인의 모녀이라.

유문(留門) 주막에서 서(西)로 마주 보이는 먼 산 밑에 푸른 연기 나고 나무 우둑우둑 선 틈으로 사람의 집이 즐비하게 보이는 것은 원주 감영이라. 교군꾼이 교군을 내려놓고 쉬면서 최 부인더러 들어 보라는 말로 저희끼리 원주 감영을 가리키며 십 리쯤 남았느니, 거진 다 왔느니, 여기 앉아서 땀이나 들여 가지고 한참에 원주 감영을 가느니 하면서 늑장을 붙이고 앉았는데, 최 부인이 교군 틈으로 원주 감영을 바라보다가 그 남편의 일이 새로이 염려가 되어서 가슴이 두근두근하고 몸이 벌벌 떨리면서 눈물이 떨어지니, 옥순이가 그 어머니 낙루하는 것을 보고 마주 눈물을 흘린다.

치악산 비탈로 향하여 가는 나무꾼 아이들이 지게 목발을 두드리며 노래를 하는데 근심 있는 최 부인의 귀에 유심히 들린다.

낭(낭떠러지)이라데, 낭이라데, 강원 감영이 낭이라데, 두리기둥 검은 대문 걸려들면 낭이라데, 애에고, 날 살려라.

도둑질을 하더라도 사모 바람에 거드럭거리고, 망나니짓을 하여도 금관자(金貫子) 서슬에 큰기침한다. 애에고, 날 살려라.

강원도 두멧골에 살찐 백성을 다 잡아먹어도 피똥도 아니

누고 뱃병도 없다데, 애에고, 날 살려라.

아귀 귀신 내려왔네, 아귀 귀신 내려왔네, 원주 감영에 동토(動土, 동티)가 나서 아귀 귀신 내려왔네, 애에고, 날 살려라.

고사떡을 잘해 놓으면 귀신 동토는 없지마는 먹을 양식을 다 없애고 굶어 죽기가 원통하다, 애에고, 날 살려라.

아귀 귀신 환생을 하여 당나귀가 되었네, 강원 감영이 망괘(亡卦, 망할 조짐)가 들어서 선화당(宣化堂) 마루가 마판(馬板)이 되었네, 애에고, 날 살려라.

귀웅(진흙통, 말구유)을 득득 뜯고 굽통을 탕탕 치다가 먹을 것만 주면은 코를 확확 내분다, 애에고, 날 살려라.

물고 차는 그 행실에 사람도 많이 상했지마는 남의 집 삼대독자 죽이는 것은 악착하데, 애에고, 날 살려라.

명년 3월 치악산에 나무 하러 오지 마세, 강릉 사람이 못 돌아가고 불여귀 새가 되면 밤낮 슬피 울 터이라, 불여귀, 불여귀, 불여귀, 구슬픈 그 새소리를 누가 듣기 좋을손가, 애에고, 날 살려라.

그러한 노랫소리가 최 부인의 귀에 들어가며 부인의 오장이 살살 녹는 듯하여 남편을 보고 싶던 마음이 없어지고 앉은 자리에서 눈 녹듯이 녹아지고 스러져 이 세상을 몰랐으면 좋겠다 싶은 생각뿐이라.

교군꾼들은 저희들끼리 잔소리를 하느라고 나무꾼 아이들이 무슨 노래를 하는지 모르고 있던 터이라. 담뱃대를 탁탁 떨고 교군을 메고 원주 감영으로 살 가듯 들이모는데, 젖은 담배 한 대 탈 동안이 될락 말락 하여 원주 감영으로 들어가더라.

최병도는 강릉 바닥에서 재사로 유명하던 사람이라. 갑신년 변란 나던 해에 나이 스물두 살이 되었는데 그해 봄에 서울로 올라가서 개화당의 유명한 김옥균을 찾아보니, 본래 김옥균은 어떠한 사람을 보든지 옛날 육국 시절에 신릉군이 손대접하듯이 너그러운 풍도(風道)가 있는 사람이라.

최병도가 김씨를 보고 심복이 되어서 김씨를 대단히 사모하는 모양이 있거늘, 김씨가 또한 최병도를 사랑하고 기이하게 여겨서 천하 형세도 말한 일이 있고 우리 나라 정치 득실(得失)도 말한 일이 많이 있으나 우리 나라를 개혁할 경륜은 최병도에게 말하지 아니하였더라.

갑신년 시월에 변란이 나고 김씨가 일본으로 도망한 후에 최씨가 시골로 내려가서 재물 모으기를 시작하였는데, 그 경영인즉 재물을 모아 가지고 그 부인과 옥순이를 데리고 문명한 나라에 가서 공부를 하여 지식이 넉넉한 후에 우리 나라를 붙들고 백성을 건지려는 경륜이라. 최병도가 동네 사람들에게 재물에는 대단히 굳은 사람이라는 말을 들었으나 최병도의 마음인즉 한두 사람을 구제하자는 일 아니요, 팔도 백성들이 도탄에 든 것을 건지려는 경륜이 있었더라.

그러나 최병도가 큰 병통(탈)이 있으니 그 병통은 죽어도 고치지 못하는 병통이라. 만만한 사람을 보면 숨도 크게 쉬지 아니하는 지체 좋은 사람이, 양반 자세 하는 것을 보든지 세력 있는 사람이 세력으로 누르려든지 하는 것을 당할 지경이면 몸을 육포(肉脯)를 켠다 하더라도 지고 싶은 마음은 조금도 없는 위인이라.

원주 감영으로 잡혀갈 때에 장차들에게 무슨 마음으로 돈을 주었던지, 감영에 잡혀간 후에 감사에게 형문을 그리 몹시 맞으면서도 하고 싶은 말을 낱낱이 하고 반년이나 갇혀 있어도 감사에게 돈 한 푼 줄 마음이 없는지라. 동네 사람이 혹 문옥하러 와서 그 모양을 보고 최병도를 불쌍히 여겨서 권하는 말이, 돈을 아끼지 말고 감사에게 돈을 쓰고 놓여 나갈 도리를 하라 하는 사람도 있으나 최병도가 종시 듣지 아니한 터이라.

찍으려는 황새나 찍히지 아니하려는 우렁이나 똑같다 하는 말이 정 감사와 최병도에게 절당(切當)한 말이라. 감사는 기어이 최씨의 돈을 먹은 후에 내놓으려 들다가 최씨가 돈을 아니 쓰려는 줄을 알고 기가 나서 날뛰는데, 대체 최병도의 마음에는 찬밥 한 술이 아까운 것이 아니라 고양이 버릇이 괘

씸하다는 말과 같이 돈이 아까운 것이 아니라 백성을 못살게 구는 놈은 나라에도 적이요 백성의 원수라, 그런 몹쓸 놈을 칼로 모가지를 썩 도리고 싶은 마음뿐이요, 돈 한 푼이라도 먹이고 싶은 마음이 없었더라.

최씨가 마음이 그렇게 들어갈수록 입에서 독한 말만 나오는데, 그 소문이 감사의 귀로 낱낱이 들어가는지라. 감사가 욕먹고 분한 마음과 돈을 못 얻어먹어서 분한 마음과 두 가지로 분한 생각이 한번에 나더니, 졸라맨 망건편자가 탁 끊어지며 벼락령이 내리는데 영문이 발끈 뒤집힌다.

"대좌기를 차려라. 강릉 최반(崔班)을 잡아들여라. 불연목을 들어라."

하더니 기를 버럭버럭 쓰며 최병도를 당장에 물고(物故)를 시키려 드니, 최병도가 감사를 쳐다보며 소리소리 지른다.

"무죄한 백성을 무슨 까닭으로 잡아왔으며, 형문을 쳐서 반년이나 가두어 두는 것은 무슨 일이며, 장처가 아물 만하면 잡아들여서 중장하는 것은 웬일이며, 오늘 물고를 시키려는 일은 무슨 죄이오니까? 죄 없는 사람 하나를 죽이며 죄 없는 사람 하나를 형벌하는 것(殺一不辜刑一不辜)은 만승천자(병거 만승을 가진 황제)라도 삼가서 아니 하는 일이요, 또 못하는 일이올시다.

강원도 백성이 순사도의 백성이 아니라 나라 백성이올시

다. 만일 생이 나라에 죄를 짓고 죽을진대 나랏법에 죽는 것이요, 순사도의 손에 죽는 것은 아니올시다마는, 지금 순사도께서 생을 죽이시는 것은 생이 사혐(私嫌)에 죽는 것이요, 법에 죽는 것은 아니오니 순사도가 무죄한 사람을 죽이시면 나라에 죄를 지으시는 것이올시다.

맙시사, 맙시사, 그리를 맙시사. 생의 한 몸이 죽는 것은 조금도 아까울 것이 없으나 생의 몸 밖에 아까운 것이 많습니다. 순사도께서 어진 정사로 백성을 다스리지 아니하시고 옳은 법으로 죄를 다스리지 아니하시면, 강원도 백성들이 누구를 믿고 살겠습니까? 백성이 살 수가 없이 되면 나라가 부지할 수가 없을 터이오니 널리 생각하시고 깊이 생각하셔서 이 백성을 위하여 줍시사. 옛말에 하였으되 백성은 나라의 근본이라 굳어야 나라가 편안하다 하니, 그 말을 생각하셔서 이 백성들을 천히 여기지 말으시고 희생같이 알지 말으시고 원수같이 대접을 맙시사.

순사도께서 이 백성들을 수족같이 알으시고 동생같이 여기시고 어린 자식같이 사랑하시면, 이 백성들이 무궁한 행복을 누리고 이 나라가 태산과 반석같이 편안할 터이오나 만일 그렇지 아니하여 백성이 도탄에 들을 지경이면, 천하의 백성 잘 다스리는 문명한 나라에서 인종(人種)을 구한다는 옳은 소리를 창시하여 그 나라를 뺏는 법이니, 지금 세계에 백성 잘

못 다스리던 나라는 망하지 아니한 나라가 없습니다. 애급(이집트)이라는 나라도 망하였고 파란(폴란드)이라는 나라도 망하였고 인도라는 나라도 망하였으니, 우리 나라도 백성에게 포학한 정사를 행할 지경이면 나라가 망하는 것을 순사도는 못 보시더라도 순사도 자제는 볼 터이올시다.”

　그렇게 하는 말이 폭포수 떨어지듯 쉬지 않고 나오는데, 감사는 최병도 죽일 마음만 골똘하여 무슨 말이든지 트집 잡을 말만 나오기를 기다리던 판에 나라가 망한다는 말을 듣고 낚시에 고기나 물린 듯이 재미가 나서 날뛰는데, 다시는 최병도의 입에서 말 한마디 못 나오게 하며 물고령이 내린다.

　“응? 나라가 망한다니! 네 그놈의 아가리를 짓찧고 당장에 물고를 내어라!”

　하는 영이 뚝 떨어지며 좌우 옆에서 사령들이 벌떼같이 달려들며 주장(朱杖)대로 최병도의 입을 콱콱 짓찧으니, 바싹 마른 두 볼에서 웬 피가 그리 많이 나던지 입에서 선지피가 쏟아지며 이는 부러지고 잇몸은 깨어지고 아래턱은 어그러지면서 최병도가 다시는 아무 소리도 못하고 매가 떨어지는 대로 고개만 끄덕거린다.

　그때 마침 최 부인이 원주 감영으로 들어가는데 교군꾼은 뙤약볕에 비지땀을 뚝뚝 떨어뜨리면서 유문 주막집에서 먹은 막걸리가 원주 감영에 들어올 무렵에 얼근하게 취하여 오

는데, 그 무거운 교군을 메고 무슨 흥이 그렇게 나던지 엉덩
춤을 으슬으슬 추며 오그랑벙거지 밑으로 고갯짓을 슬슬 하
며, 앞의 교군꾼은 엮음시조하듯이 잔소리가 연하여 나온다.

"채암돌이 촘촘하다. 건너서라, 개천이다. 조심하여라, 외
나무다리다. 발 잘 맞추어라, 교군 잘 모셔라."

그렇게 지껄이며 유문 주막에서 단참에 원주 읍내로 들어
가는데, 원주 감영에 무슨 일이 있는지 없는지 모르고 쏜살
같이 들어가며 사처는 진람문 밖 주막집으로 정할 작정이라.

진람문 밖에 다다르니 사람이 어찌 많이 모였던지 헤치고
들어갈 수가 없는지라, 교군꾼이 교군을 메고 서서 좀 비켜
달라 하나, 모여 선 사람들이 비켜서기는 고사하고 사람끼리
기름을 짜고 서서, 뒤에 선 사람은 앞에 선 사람을 밀고 앞에
선 사람은 더 나갈 수가 없으니 밀지 말라 하며 와글와글하
는 중이라.

대체 무슨 좋은 구경이 있어서 그렇게 모였는지 뒤에 선 사
람들은 송곳눈을 가졌더라도 뚫고 볼 수가 없는 구경을 하고
섰는데, 그 구경인즉 진람문 앞에서 죄인 때려죽이는 구경이
라. 그날은 원주 읍내 장날인데 장꾼들이 장은 아니 보고 송
장 구경을 하러 왔던지 진람문 밖에 새로 장이 섰다.

교군꾼이 길가에 교군을 내려놓고, 구경꾼더러 무슨 구경
을 하느냐 묻다가 깜짝 놀라서 교군 앞으로 와락 달려들며,

"본평 아씨, 진람문 밑에서 본평 서방님을 때려죽인답니다."

하는 소리에 부인이 기가 막혀서 교군 속에서 목을 놓아 우는데, 큰길가인지 인해(人海) 중인지 모르고 자기 안방에서 울 듯 운다. 섧고 원통하고 악이 나는 판이라, 감사는 고사하고 하늘에서 뚝 떨어져 내려온 사람일지라도 겁나는 마음이 조금도 없이 원망과 악담을 하며 운다.

진람문 근처의 사람은 최병도 매 맞는 경상을 구경하고, 최 부인의 교군 근처에 서 있는 사람은 최 부인 울음소리를 듣고 섰다. 최병도 매 맞는 구경하는 사람들은 끔찍끔찍한 마음에 소름이 죽죽 끼치고, 최 부인의 울음소리 듣는 사람들은 남의 일에 콧날이 시큰시큰하며 눈물이 슬슬 돈다.

남의 일에 눈물 잘 나는 사람이 따로 있다 하지마는 최 부인이 울며 하는 소리 듣는 사람은 목석 같은 오장을 타고났더라도 그 소리에 오장이 다 녹을 듯하겠더라. 최 부인의 우는 소리는 모기 소리같이 가늘더니 설운 사정 하는 소리는 청청하게 구름 속으로 뚫고 올라가는 것 같다.

"맙시사, 맙시사, 그리를 맙시사. 감사도 사람이지, 남의 돈을 뺏어 먹으려고 무죄한 사람을 잡아다가 갖은 악형을 다 하더니 돈을 아니 준다고 사람을 어찌 죽인단 말이냐? 지금 내로 날까지 잡아다가 진람문 밑에서 때려죽여 다고. 아비 쳐

죽인 원수라더냐, 어미 쳐 죽인 원수라더냐! 저렇게 죽일 죄가 무엇이란 말이냐?

애고, 애고, 애고, 이 몹쓸 도적놈아, 내 재물 있는 대로 가져가고 우리 남편만 살려 다고. 네가 남의 재물을 그렇게 잘 뺏어 먹고 천 년이나 만 년이나 살 듯이 극성을 부리지마는 너도 초로 같은 인생이라. 꿈결 같은 이 세상을 다 지내고 죽는 날은 몹쓸 귀신 되어 지옥으로 들어가서 저 죄를 다 받느라면 만겁천겁을 지내더라도 네 죄는 남을 것이요, 네 고생을 못다 할 것이니, 우리 내외는 원귀 되어 지옥 맡은 옥사장이나 되겠다.

애고, 애고, 이 설운 사정을 누구더러 하며 이 원정(原情)을 어데 가서 하나? 형조에 가서 정(呈)하더라도 쓸데없는 세상이요, 격증을 하더라도 나만 속는 세상이라, 이 원수를 어찌하면 갚는단 말이냐?

옥순아, 옥순아, 나와 같이 죽어서 하느님께 원정이나 가자. 사람을 이렇게 지원절통(至冤切痛)하게 죽이는 세상에 너는 살아 무엇하겠느냐? 가자, 가자, 하느님께 원정을 가자. 우리 나라 백성들은 다 죽게 된 세상인가 보다. 하루바삐 한시바삐, 한시바삐 어서 가서 하느님께 이런 원정이나 하여 보자.

애고, 설운지고, 사람이 저 살 날을 다 살고 병들어 죽더라도 처자 된 마음에는 섧다 하거든, 생목숨이 남의 손에 맞아 죽느라고 아프고 쓰린 경상을 당하는 사람의 마음은 어떠할꼬? 하느님, 하느님, 굽어보고 살펴봅시사.”

하며 우는데, 읍내 바닥의 중늙은이 여편네가 교군 앞뒤로 늘어서서 그 일을 제가 당한 듯이 눈물을 흘리며 감사가 몹쓸 양반이란 말을 하고 섰는데, 별안간 사람들이 우우 몰려 헤지며 영문 군노 사령이 들끓어 나와서 강릉 경금서 온 교군꾼들을 찾더니, 당장에 교군을 메고 원주 지경을 넘어가라 하며 교군꾼들을 후려 때리며 재촉하거늘, 교군꾼들이 겁이 나서 교군을 메고 유문 주막을 향하고 달아나는데 북문 밖 너른 들로 최 부인의 모녀 울음소리가 유문 주막을 향하고 나간다.

탐장(貪贓, 재물을 탐함)하는 감사의 옆에는 웬 조방(助幇)꾼과 염문꾼의 속살거리는 놈이 그리 많던지, 청 한 가지 못 얻어 하여 먹는 위인들일지라도 아무쪼록 긴한 체하느라고 못된 소문은 곧잘 들어갔다가 까바치는 관속과 아객(衙客)이 허다한 터이라. 최 부인이 울며 감사에게 악담과 욕하던 소문이 감사의 귀에 들어갔는데, 만일 남자가 그런 짓을 하였을 지경이면 무슨 큰 거조(擧措)가 또 있었을는지 모를 터이나 대민(大民)의 부녀이라 어찌할 도리가 없는 고로 축출경외(逐出境外)하라는 영이 나서 최 부인의 교군이 쫓겨나갔더라.

그때 날은 한나절이 될락 말락 하고 최병도의 명은 떨어질락 말락 한데, 호방 비장이 무슨 착한 마음이 들었던지 감사의 앞으로 썩 들어서더니 최병도의 공송(公誦)을 한다.

"최병도를 죽일 터이면 중영(中營)으로 넘겨서 죽이는 일이 옳지 감영에서 죽일 일이 아니올시다. 또 최병도가 죽은 후에 누가 듣든지 아무 죄 없는 사람이 죽었다 할 터이니 사또께서 일시의 분을 참으셔서 물고령을 거두시면 좋겠습니다."

"그래, 그놈을 살려 보내자는 말인가?"

"지금 백방을 하더라도 살 수는 없는 터이니 최가가 숨 떨어지기 전에 빨리 놓아 보내시면 사또께서는 무죄한 백성을 죽이셨다는 말도 아니 들으실 터이요, 최가는 말이 놓여 나간다 하나 미구에 숨이 떨어질 모양이라 합니다. 지금 최병도의 처가 어린 딸을 데리고 큰길가에서 그런 효상(爻象)을 부리다가 쫓겨나가고, 최병도는 오늘 영문에서 장폐(杖斃, 장형으로 죽음)하면 제일 소문이 좋지 못할 터이니 물고령을 거두시는 것이 좋을 일이올시다."

감사가 그 말을 듣더니 호방의 얼굴을 물끄러미 쳐다보다가 무슨 생각을 하는 모양이라. 호방의 얼굴은 왜 쳐다보며 생각은 무슨 생각을 하는지, 감사가 말은 아니 하나 구렁이 다 된 호방이 최가의 돈을 먹고 청을 하나 의심이 나서 보는 것이요, 무슨 생각을 하는 것은 호방이 돈을 먹었든지 아니 먹었든지 방장(方將) 숨이 넘어가게 된 최병도를 죽여도 아무 유익(有益)은 없는 터이라 어찌하면 좋을까 하는 그런 생각이라. 호방이 무슨 말을 다시 하려는데 감사가 기침 한 번을 하더니 최병도 물고령을 거두고 밖으로 내놓으라 하는 영이 내리더라.

치악산 높은 봉을 안고 넘어가는 저녁볕에 울고 가는 까마귀 한 마리가 휘휘 돌아 내려오더니, 원주 유문 주막집 앞에 휘어진 버들가지에 앉으며 꽁지는 서천에 걸린 석양을 가리키고 니울니울 흔들며 주둥이는 동으로 향하여 운다.

"까막 까막 깍깍, 까옥 까옥 깍깍."

가지각색으로 지저귀는데 그 버들 그림자는 어떤 주막집 사처방 서창에 드렸고, 그 까마귀 소리는 그 방에 하룻밤 숙소참으로 든 최 부인 귀에 유심히 들린다. 귀가 쏘는 듯, 뼈가 죄는 듯, 오장이 녹는 듯하여 눈물이 비 오듯 하나 주막집에서 울음소리 냅뜰 수는 없는지라, 다만 흑흑 느끼기만 하며 철없는 옥순이를 데리고 설운 한탄을 한다.

"옥순아, 옥순아, 까마귀는 군자 같은 새라더니 옛말이 옳은 말이로구나. 너의 아버지께서 산도 설고 물도 설고 이전에 알던 사람 하나 없는 원주 감영에 와서 원통히도 돌아가시는데 어느 때 운명을 하셨는지? 통부(通訃) 전하여 줄 사람 하나 없지마는 영물의 까마귀가 너의 아버지 통부를 전하여

주느라고 저렇게 짖는구나. 우리는 영문 사령에게 축출경외를 당하고 여기까지 쫓겨 오느라고 정신없이 왔으나 사람이나 좀 보내 보자."

하더니 정신없는 중에 정신을 차려서 배행(陪行) 하인으로 데리고 온 천쇠를 불러서 원주 감영에 새로이 전인(專人)을 한다.

천쇠가 이태 3년 머슴 들었던 더부살이라 주인에게 무슨 정성이 그렇게 대단할 것은 없으나 주인의 사정을 어찌 불쌍히 여겼던지, 먼 길에 삐쳐 와서 되집어 유문 주막 십 리를 나온 사람이 곤한 것을 잊어버리고 달음박질을 하여 원주 감영으로 향하여 들어가며 노래를 하는데, 무식한 농군의 입에서 유식한 소리가 나온다.

"치악산 상상봉에 넘어가는 저 햇빛, 너 갈 길도 바쁘지마는 본평 아씨 사정을 보아서 한참 동안만 가지 말고 그 산에 걸렸거라. 본평 서방님 소식 알러 김천쇠가 급주(急走)를 간다. 오늘 밤 내로 못 다녀오면 본평 아씨가 잠 못 자고 옥순 아기를 데리고 울음으로만 밤을 새운다. 우산낙조(牛山落照) 제경공(齊景公)도 햇빛을 멈추고 삼사를 갔다."

하며 몸에서 바람이 나도록 달아나는데 너른 들 풀밭 속에 석양은 묘묘(杳杳)하고 노래는 청청하다.

웬 교군 한 채가 동으로 향하여 폭풍우같이 몰려오는데, 교군은 몇 푼짜리 못 되는 세보교(貰步轎)이나 기구는 썩 대단한 모양이라. 오그랑벙거지 쓴 교군꾼 십여 명이 들장대를 들고 두 발자국, 세 발자국 만에 들장대질을 한 번씩 하며 주마같이 달려오는 교군을 보고 천쇠가 길가로 비켜서며 앞장 든 교군 속을 기웃기웃 건너다보다가, 천쇠가 소리를 버럭 질러서 본평 서방님을 불렀더라.

그 교군은 최병도의 교군이라. 최병도가 그날 백방이 되어 주막집으로 나왔는데 전신이 핏덩어리라 누가 보든지 살지는 못하겠다 하고 최씨의 미음에도 살아날 수는 없으나, 그러나 정신은 말갛게 성한지라 목숨이 혹 2, 3일만 부지하여 있을 지경이면 집에 가서 처자나 만나 보고 죽겠다 하고, 교군 삯은 달라는 대로 주마 하고 원주 읍내서 교군 잘하는 놈으로 뽑아 세우니 세상에 돈이 참 장사요, 돈이 제갈량이라, 삼백삼십 리를 온 이틀이 다 못 되어 들어가겠다 장담하고 나서는 교군꾼이 십여 명이라.

해질 때에 떠났으나 가다가 횃불을 잡히더라도 삼사십 리는 갈 작정이라, 천쇠가 무슨 소리를 지르는지 아니 지르는지 교군꾼들은 들은 체도 아니하고 달아난다. 천쇠가 교군 뒤로 따라오며 소리소리 질러서 교군을 멈추라 하니, 최씨가 그 소리를 알아듣고 교군을 멈추고 천쇠를 불러 말을 묻다가 그 부인과 딸이 유문 주막에 있다는 말을 듣고 대장부 눈에서 눈물이 떨어지며 피 묻은 옷깃이 다시 눈물에 젖었더라.

유문 주막은 최씨의 내외 상봉하고 부녀 상봉하는 곳이라. 슬프던 끝에 기쁜 마음 나고 기쁘던 끝에 다시 슬픈 마음이 나는데 누가 더하고 누가 덜하다 할 수가 없는 터이나, 최병도는 기운이 탈진하여 통성(痛聲, 앓는 소리)도 없이 누워 있고 옥순이는 어린아이라 울다가 그 어머니 무릎에 기대고 잠이 들었는데, 부인은 잠 못 이루어 등잔을 돋우고 그 남편 앞에 앉아서 밤을 새운다.

하지머리 짧은 밤도 근심으로 밤을 새우려면 그 밤이 별로 긴 것 같은 법이라. 그 남편이 운명을 하는가 의심이 나서 불러 보고 불러 보다가, 그 남편이 대답 한 번 하려면 힘이 드는 모양같이 보이는 고로 불러 보지도 못하고 앉아서 속만 탄다.

이 몸이 의원이나 되었다면 맥이나 짚어 보고 싶고, 이 몸이 불사약이나 되었으면 남편의 목숨이나 살려 보고 싶고, 이 몸이 저승에 갈 수가 있으면 내가 대신 죽고 남편을 살려 달라고 축원을 하여 보고 싶고, 이 몸이 구름이나 되었으면 남편을 곱게 싸 가지고 밤 내로 우리 집에 가서 안방 아랫목에 뉘어 놓고 피 묻고 땀 배인 저 옷도 갈아입히고 병구원이나 마음대로 하여 보련마는, 그 재주 다 없고 주막집 단간 사처방에서 꼼짝을 못하고 물 한 그릇을 떠오라 하더라도 어린 옥순이를 심부름 시키는 터이라.

　남편이 숨이 넘어가는 지경에 무엇을 가릴 것이 있으리요 마는, 팔도 모산지배(謀算之輩, 이해타산을 삼는 무리)가 다 모여자는 주막이라 사람을 겁내고 사람을 부끄러워하며 삼십 년을 규중에서 자라난 여자의 몸이라 아무렇든지 요 방구석에 들어앉아서 저 지경 된 남편의 병도 구원하기 어려운 터이라, 날이나 밝으면 그 남편을 교군에 싣고 강릉으로 갈 마음뿐이라.

　먼동 트기를 기다리느라고 문을 열고 동편 하늘을 바라보니 샛별은 소식도 없고, 머리 위 처마 밑에서 홰를 탁탁 치고 꼬끼오 우는 것은 첫닭 우는 소리라. 산도 자고 물도 자고 바람도 자고 사람도 자는 밤중이라, 적적요요한 이 밤중에 설움 없고 눈물 없이 우는 것은 꼬끼오 소리 하는 저 닭이요, 오장이 녹는 듯 눈물이 비 오듯 하며 소리 없이 우는 것은 최부인이라.

　그 밤을 그렇게 새다가 새벽녘에 다 죽어 가는 남편을 교군에 싣고 길을 떠나가는데, 그날부터는 교군 삯 외에 중상(상금)을 주마 하고 밤낮없이 몰아가는 터이라. 옛말에 향기 나는 미끼 아래 반드시 죽는 고기가 있고 중상 아래 반드시 날랜 사람이 있다 하더니, 과연 그 말과 같이 장장하일(長長夏日) 하루해에 일백육십 리를 가서 자고 그 이튿날 저녁때에 대관령을 넘어간다.

해는 서산에 기울어졌는데 대관령 고개 마루턱 서낭당 밑에 교군 두 채를 나란히 놓고 쉬면서 교군꾼들이 갈모봉을 가리키며, 저 산 밑이 경금 동네이라 빨리 가면 횃불 아니 잡히고 일찍 들어가겠다 하니 그 소리가 최 부인의 귀에 반갑게 들리련마는 반가운 마음은 조금도 없고 새로이 기막히고 끔찍한 마음이 생긴다.

최병도가 종일을 정신없이 교군에 실려 오더니 저녁때 새로이 정신이 나서 그 부인과 옥순이를 불러서 몇 마디 유언을 하고 대관령 고개 위에서 숨이 떨어지는데, 소쇄(瀟灑) 황량한 서낭당 밑에서 부인과 옥순의 울음소리가 처량하고 깊은 산 푸른 수풀 속에서는 불여귀(不如歸) 우는 소리가 슬펐더라.

최병도의 산지(山地)는 지관(地官)이 잡아준 것이 아니라 최병도가 운명할 때에 손을 들어 대관령에서 보이는 제일 높은 봉을 가리키며, 저기 저 꼭대기에 묻어 달라 한 묏자리라.

무슨 까닭으로 그 꼭대기에 묻어 달라 하였는고? 죽은 후에 높은 봉에 묻혀 있어서 이 세상이 어떻게 되는 것을 좀 내려다 보겠다 한 유언이 있었더라. 그 유언에 소문내기 어려운 말이 몇 마디가 있으나 최 부인이 섫고 기막힌 중에 함부로 말을 하였더라.

죽은 지 7일 만에 장사를 지내는데, 인근 동네 사람들까지 남의 일 같지 아니하고 사람마다 제가 당한 일 같다 하여 회장(會葬) 아니 오는 친구가 없고 부역 아니 오는 백성이 없으니, 토끼 죽은 데 여우가 슬퍼했다(兎死狐悲)는 말과 같은 것이라.

상여꾼들이 연포(軟泡)국과 막걸리를 실컷 먹고 술김에 흥이 나는 것이 아니라 처량한 마음이 나서 상여를 메고 가며 상두 소리가 높았더라.

워어허 워어허

이 길이 무슨 길인고, 북망 가는 길이로다

워어허 워어허

이 죽음이 무슨 주검인고, 학정(虐政) 밑에 생주검일세

워어허 워어허

생떼 같은 젊은 목숨, 불연목에 맞아 죽었네

워어허 워어허

이 양반이 죽을 때에 눈을 감고 죽었을까

워어허 워어허

처자의 손목 쥐고 유언할 제 어떨손가

워어허 워어허

고향을 바라보고 낙루가 마지막일세

워어허 워어허

한을 품고 죽은 사람 썩지도 못한다네

워어허 워어허

대관령에서 운명할 때 불여귀가 슬피 울데

워어허 워어허

가이인이 불여조(可以人而不如鳥)라 우리도 일곡하세

워어허 워어허

애고 불쌍하다, 죽은 사람 불쌍하다

워어허 워어허

공산야월(空山夜月) 거친 무덤 그대 얼굴 못 보겠네

워어허 워어허

단장천이한천(斷腸天離恨天)에 그대 집은 공규(空閨, 공방)로다

워어허 워어허

함원귀천(含寃歸泉) 그대 일을 누가 아니 슬퍼할까

워어허 워어허

하며 나가는 것은 새벽 발인에 메고 나서는 상여꾼의 소리
라. 그 소리를 들으면서 들은 체도 아니하고 저 길 갈 대로
가는 것은 최병도라. 명정(銘旌)은 앞에 서고 상여는 뒤에 서
서 대관령을 향하고 올라가는데, 상여 소리는 끊어지고 발등
거리 불빛만 먼 산에서 반짝거린다.

깊은 산 높은 봉에 사람의 자취 없는 곳으로 속절없이 가

는 것도 그 처자 된 사람은 무정하다 할는지 야속하다 할는지 섧고 기막힌 생각뿐일 터인데, 그 산중에 들어가서 더 깊이 들어가는 곳은 땅속이라. 최병도 신체가 땅속으로 쑥 들어가며 달고 소리가 나는데,

어어여라 달고 처자 권속 다 버리고 혼자 가는 저 신세 이제 가면 언제 오리, 한정 없는 길이로다

어어여라 달고 북망산이 멀다더니 지척에도 북망산이로구나, 황천이 멀다더니 뗏장 밑이 황천이로구나

어어여라 달고 인간 만사 묻지 마라, 초목만도 못하구나, 춘초(春草)는 연년(年年) 녹(綠)이요, 왕손은 귀불귀(歸不歸, 다시 돌아오지 못함)라

어어여라 달고 인생이 이러한데 천명을 못다 살고 악형 받아 횡사하니 그대 신명 가긍토다

어어여라 달고 살일불고(殺一不辜) 아니하고 형일불고(刑一不辜) 아니할 때 그 시대의 백성들은 희호세계(태평세상) 그 아닌가

어어여라 달고 희생 같은 우리 동포, 살아도 고생이나 그대같이 죽는 것은 원통하기 특별나네

어어여라 달고 관 위에 횡대 덮고 횡대 위에 회판일세, 풍채 좋은 그대 얼굴 다시 얻어 못 보겠네

어어여라 달고 보고지고, 보고지고, 그대 얼굴 보고지고,
공산낙월(空山落月)의 달빛을 보고 고인 안색으로 비겨 볼까

　어어여라 달고 철천한 한을 품고 유언이 남았거든 죽지사
(竹枝詞) 전하듯이 꿈에나 전해 주게

　어어여라 달고

　그 달고질 소리가 마치매 둥그런 뫼가 이루어졌더라. 그 뫼
는 산봉우리 위에 섰는데, 형상은 전기선(電氣線) 위에 새가
올라앉은 것같이 되었더라. 뫼 쓸 때에 최씨의 유언을 들어
서 관머리는 한양을 향하고 발은 고향으로 뻗었으니 그 뜻인
즉, 한양은 우리 나라 오백 년 국도(國都)라 나라를 근심하
여 일하장안(日下長安)을 바라보려는 마음이요, 고향은 조상
의 분묘도 있고 불쌍한 처자도 있고 나라를 같이 근심하던 지
기(知己)하는 친구도 있는 터이라.

　사정은 처자에게 간절하나 나라를 붙들기 바라는 마음은
그 친구에게 있으니 그 친구는 김정수이라. 최병도가 죽은 영
혼이 발을 제겨디디고 김씨가 나라 붙들기를 기다리고 바라
보려는 마음에서 나온 일이러라. 그러나 사람은 죽으면 그만
이라 최병도는 인간을 하직하고 한량없이 먼 길을 가고 본평
부인은 청산백수(靑山白水)에 울음소리로 세월을 보내더라.

　최 부인이 그 남편 죽던 날에 따라 죽을 듯하고 그 남편 장

사 지내던 때에 땅속으로 따라 들어갈 듯한 마음이 있으나 참고 있는 것은 두 가지 거리끼는 일이 있어서 못 죽는 터이라, 한 가지는 여덟 살 된 딸자식을 버리고 죽을 수가 없고 또 한 가지는 아홉 달 된 복중 아이라. 혹 아들이나 낳으면 최씨가 절사(絕嗣, 대가 끊김)나 아니 할까 바라는 마음으로 살아 있는지라.

그러나 부인은 밤낮으로 설운 생각뿐이라, 산을 보아도 설운 생각이 나고 물을 보아도 설운 생각이 나고, 밥을 먹어도 눈물을 씻고 먹고, 잠을 자도 눈물을 흘리고 자는 터이라. 간은 녹는 듯, 염통은 서는 듯, 창자는 끊어지는 듯, 가슴은 칼로 에이는 듯한데 근심을 말자 말자 하고 슬픔을 참자 참자 하면서도 솟아나는 마음을 임의로 못하고 새로이 근심 한 가지가 더 생긴다. 무슨 근심인고? 내 속이 이렇게 썩을 때에 뱃속에 있는 어린것이 다 녹아 없어지려니 싶은 근심이라. 그러나 그 근심은 모르고 뱃속에서 무럭무럭 자라나는 어린아이는 열 달 만에 인간에 나오면서,

"응아, 응아."

우는데, 최 부인이 오래 지친 끝에 해산을 하고 기운 없고 정신없는 중에도 아들인지 딸인지 어서 바삐 알고자 하여 해산구완하는 사람더러,

"여보게, 아들인가 딸인가?"

묻는다. 그때 해산구완하는 사람은 누구런지, 본평 부인이 묻는 것을 불긴(不緊, 긴요하지 않게)히 여기는 말로,

"그것은 물어 무엇하셔요? 순산하셨으니 다행하지요."

하는 소리가 본평 부인의 귀에 쏙 들어가며 부인이 깜짝 놀라서 낙심이 된다. 딸이 아니면 병신자식이라 의심이 나고 겁이 나더니, 바라던 마음은 어데로 가고 설운 생각이 일어나며 베개에 눈물이 젖는다.

부인이 본래 약질로 그 남편이 감영에 잡혀가던 날부터 죽던 날까지, 죽던 날부터 부인이 해산하던 날까지, 말을 하니 살아 있는 사람이요, 밥을 먹으니 살아 있는 사람이지 실상은 형해(몸과 뼈)만 걸린 것이 불면 날아갈 듯 쥐면 꺼질 듯하게 된 중에, 해산구완하는 사람의 말을 듣고 놀라더니 산후제반악증이 생긴다. 펄펄 끓는 첫 국밥을 부인 앞에 놓고,

"아씨, 아씨. 국밥 좀 잡수시오."

권하는 것은 천쇠의 계집이라. 부인이 감았던 눈을 떠서 물끄러미 보다가 눈물이 돌며,

"먹고 싶지 아니하니 이따가 먹겠네."

하더니 다시 눈을 스르르 감고 돌아눕는데 얼굴에 핏기가 없고 찬 기운이 돈다. 눈에는 헛것이 보이고 입에는 군소리가 나오더니 평생에 얌전하기로 유명하던 본평 부인이 실진(失眞)이 되어서 제명울이(계명워리, 행실이 바르지 못한 여자)같이

되었더라.

그 소생이란 아이는 옥동자 같은 아들이라. 그러한 아이를 무슨 까닭으로 해산구완하던 사람이 부인의 귀에 말을 그렇게 놀랍게 하여 드렸던고? 해산구완하던 사람은 부인을 놀래려고 그러한 것이 아니라 어데서 그런 구기(口氣, 궁리)를 얻어 배웠던지, 아들 낳은 것을 감추고 딸이라 소문을 내면 그 아이가 명이 길다 하는 말이 있어서 아들이라는 말을 아니 하려고 그리한 것인데, 위하여 주려는 마음에서 병을 주는 말이 나온 것이라.

병이 들기는 쉬우나 낫기는 어려운 것이라. 당귀(當歸), 천궁(川芎), 숙지황(熟地黃), 백작약(白芍藥), 원지(遠志), 백복신(白茯神), 석창포(石菖蒲) 등속으로 청심보혈(淸心補血)만 하더라도 심경열도(心經熱度)는 점점 성하고 병은 골수에 든다.

옥동자 같은 유복자는 그 어머니 젖꼭지를 물어도 못 보고 유모에게 길리는데, 혼돈세계(混沌世界)로 지내는 핏덩어리 아이는 아무것도 모르고 젖만 먹으면 잠 들고 잠 깨면 젖 먹고 무럭무럭 자라지마는 불쌍한 것은 철 알고 꾀 아는 옥순이라. 그 어머니가 미친증이 날 때마다,

"어머니, 어머니, 어머니. 어머니가 이것이 웬일이오? 어머니, 날 좀 보오, 내가 옥순이오."

하며 울다가 어린 마음에 무서운 생각이 들어서 복녜를 부

를 때가 종종 있다. 부인은 옥순이를 보아도 정 감사라고 식칼을 들고 원수 갚는다 하며 쫓아다니는 때가 있는 고로, 밤낮없이 안방에 상직(常直, 같이 살면서 시중을 듦)으로 있는 사람들이 잠시도 부인의 옆을 떠날 수가 없는 터이라.

유복자의 이름은 누가 지어 주었던지 옥 같은 남자라고 옥남이라 지었더라. 애비가 원통히 죽었든지 어미가 몹쓸 병이 들었든지 가고 가는 세월에 자라는 것은 어린아이라. 옥남이가 일곱 살이 되도록 그 어미 얼굴을 모르고 자랐더라. 그 어미가 죽고 없어서 못 보았는가? 그 어미가 두 눈이 둥그렇게 살아 있는 터에 만나 보지 못한다.

차라리 어미 없이 자라는 아이 같으면 어미까지 잊어버리고 모를 터이나, 옥남의 귀에 옥남 어머니는 살아 있다 하는데 옥남이가 그 어머니를 못 보았더라. 그것은 무슨 곡절인고? 본래 본평 부인이 실진이 되었을 때에 옥남의 집의 일동일절을 다 보아 주던 사람은 김정수이라. 옥남의 유모는 또한 그 동네 백성의 계집이나 본평 부인의 병이 얼른 낫지 아니하는 고로, 김씨의 말이 옥남이가 그 어머니 있는 줄을 모르고 자라는 것이 좋다 하고 옥남의 유모에게 먹고 살 것을 넉넉히 주어서 멀리 이사를 시켜 주었더라.

김씨는 이전에 최병도가 감영에 잡혀갈 때에 영문 장차들을 죽이느니 살리느니 하며 야단치던 사람이라. 그때 잠시간

몸을 피하였다가 최병도 죽었다는 말을 듣고 김씨가 악이 나서 영문에 잡혀갈 작정 하고 경금 동네로 돌아와서 최씨의 초상 치르는 것까지 보고 있으나 본래 피천 대푼 없는 난봉이라. 가령 영문에서 잡으러 오더라도 장차가 삼백여 리나 온 수고 값도 못 얻어먹을 터이요, 돈이 있어도 줄 위인도 아니라. 또 김씨가 영문 장차에게 야단치던 일은 벌써 묵장된 일이라. 그런고로 영문에서 잡으러 나오는 일도 없고 제 집에 있었더라.

제 자식보다 남의 자식을 더 귀애하고 소중히 여긴다는 말은 거짓말 같으나 김씨는 자기 아들보다 옥남이를 더 귀애하고 더 소중히 여기는 터이라. 옛날 정영이가 조무(趙武)를 구하려고 그 아들을 버리더니, 김씨가 옥남이를 보호하려는 마음이 정영이가 조무를 위하는 마음만 못지 아니한지라.

옥남이 있는 곳은 경금서 삼십 리라. 김씨가 옥남이를 보러 삼십 리를 문턱 드나들듯 왕래를 하는데, 옥남이가 김씨를 보면 저의 아버지를 본 듯이 반가워서 쫓아 나오며,

"아저씨, 아저씨!"

하고 따른다.

옥남이가 핏줄도 아니 켕기는 터에 그렇게 따르는 것은 김씨에게 귀염 받는 곡절이요, 김씨가 옥남이를 그렇게 귀애하

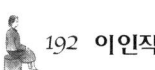

는 것은 최병도의 정분을 생각하여 그럴 뿐 아니라 옥남의 영민한 것을 볼수록 귀애하는 마음이 깊어 간다.

율곡(栗谷)은 어렸을 때부터 이치를 통한 군자라는 말이 있었고 매월당(梅月堂)은 어렸을 때부터 문장이라는 말이 있었으니, 옥남이를 그러한 명현에는 비할 수 없으나 옥남이를 보는 사람의 말은,

"일곱 살에 요렇게 영민한 아이는 고금에 다시없지."

하면서 칭찬을 한다.

"아저씨, 나는 아저씨 보러 왔소."

하며 김씨 집 마당으로 달음박질하여 들어오는 것은 옥남이라.

"응, 거 누구냐, 네가 어찌 여기를 왔느냐?"

하며 문을 열고 내다보는 것은 김씨라. 옥남이는 앞에 서고 유모는 뒤에 서서 들어오는데, 김씨가 반가운 마음은 없던지 눈살을 찌푸리고 무슨 생각을 하는 모양이라.

"애기가 어머니 보러 온다고 어찌 몹시 조르던지 견디다 못하여 데리고 왔습니다."

김씨가 아무 대답 없이 옥남이를 물끄러미 보다가 고개를 푹 숙인다.

"아저씨, 내가 삼십 리를 걸어왔소. 내가 장사지?"

"어린아이가 그렇게 먼 데를 어찌 걸어왔단 말이냐? 날더

러 그런 말을 하였으면 교군을 보냈지."

"어머니를 보러 오느라고 마음이 어찌 좋던지 다리 아픈 줄도 몰랐소."

김씨가 무슨 말을 하려는지 고개를 들더니 아무 소리 없이 입맛을 다신다.

"아저씨, 아저씨. 내 소원을 풀어 주오. 우리 어머니가 살아 있다는데 내가 어머니 얼굴을 못 보니 어머니를 보고 싶어 못살겠소. 어머니가 나를 낳고 미친병이 들었다 하니 내가 아니 났디면 어머니기 이니 미쳤올 디이지……."

하더니 훌쩍훌쩍 우니 유모가 그 모양을 보고 따라 운다. 김씨의 부인이 옥남의 머리를 쓰다듬으며,

"에그, 본평댁이 불쌍하지. 신세가 그렇게 되고 그런 몹쓸 병이 들어서……."

하더니 목이 멘 소리로 말끝을 마치지 못하고 눈물이 떨어진다. 김씨의 머리는 점점 더 수그러지더니 염불하다가 앉아서 잠든 중의 고개같이 아주 푹 수그러졌다.

부인이 김씨를 건너다보며,

"여보, 여보. 옥남이가 처음부터 그 어머니가 살아 있는 줄을 몰랐으면 좋으려니와, 알고 보려 하는 것을 아니 뵐 수 있소? 오늘 내가 데리고 가서 만나 보게 하겠소. 이 애 옥남아, 너의 어머니를 잠깐 보고 너는 도로 유모의 집으로 가서

있거라. 네가 너의 어머니를 보고 어머니 앞을 떠나기가 어려워 너의 집에 있으려 할 터이면 내가 아니 데리고 가겠다."

김씨가 고개를 번쩍 들며,

"응, 마누라가 데리고 갔다 오시오."

그 말 한마디에 옥남이와 유모와 김씨 부인이 눈물이 가득한 눈으로 웃음빛을 띄웠더라.

앞뒤에 쌍창문 척척 닫쳐 두고 문 뒤에는 긴 널빤지를 두 이 자, 석삼 자로 가로질러서 두 치 닷 푼씩이나 되는 못을 척척 박아서 말이 문이지 아주 절벽같이 만들어 놓고 안마루로 드나드는 지게문으로만 열고 닫게 남겨 둔 것은 최본평 집 안방이라. 그 방 속에는 세간 그릇 하나 없고 다만 있는 것은 귀신 같은 사람 하나뿐이라.

머리가 까치집같이 헙수룩하고 얼굴은 몇 해 전에 씻어 보았는지 때가 켜켜이 끼었는데, 저렇게 파리하고도 목숨이 붙어 있나 싶을 만하게 뼈만 남은 위인이 혼자 앉아서 중얼거리는 사람은 본평 부인이라.

무슨 곡절로 지게문만 남겨 놓고 다른 문은 다 봉하였던고? 본평 부인이 광증이 심할 때에는 벌거벗고 문밖으로 뛰어나가려 하기도 하고, 옥순이도 몰라보고 방망이를 들고 때리려 하기도 하는 고로, 옥중에 죄인 가두듯이 안방에 가두어 두고 수직(守直)하는 노파 2, 3인이 옥사장같이 지켜 있고 다른 사람은 그 방에 드나들지 못하게 하는 터인데, 적적하고 캄캄한 방 속에 죄 없이 갇혀 있는 사람은 본평 부인이라. 그러한 그 방 지게문을 펄쩍 열고,

"어머니."

부르면서 들어오는 것은 옥남이요, 그 뒤에 따라 들어오는 사람은 김씨의 부인과 옥남의 유모이라. 건넌방에서 옥순이가 그것을 보고 한걸음에 뛰어나와 안방으로 따라 들어온다. 그때 본평 부인은 아랫목에 혼자 앉아서 베개에 식칼을 꽂아 놓고 무엇이라고 중얼하는 소리가 그 남편 죽이던 놈의 원수 갚는다는 말이라.

옥남이가 그 어머니 모양을 보더니 울며 어머니 앞으로 달려들어서 어머니를 부르며 울기만 하는데, 옥순이는 일곱 해 동안을 건넌방 구석에서 소리 없는 눈물로 자란 계집아이라 참았던 울음소리가 툭 터져 나오면서 옥남이를 얼싸안고 자지러지게 우니, 김씨의 부인과 유모가 옥남이를 왜 데리고 왔던고 싶은 마음뿐이라. 김씨의 부인이 눈물을 흘리고 본평 부인 앞으로 바싹 다가앉으며,

"여보, 본평댁. 이 아이가 본평댁의 아들이오. 여보, 여보. 정신 좀 차려서 이 아이 좀 보오. 어찌하여 저런 병이 들었단 말이오? 여보, 저 베개에 칼은 왜 꽂아 놓았소? 저런 쓸데없는 짓을 말고 어서 병이나 나아서 옥순이를 잘 가르쳐 시집

이나 보내고, 옥남이를 길러서 며느리나 보고 마음을 붙여 살 도리를 하시오. 돌아가신 서방님은 하릴없거니와 불쌍한 유복자를 남의 손에 기르기가 애닯지 아니하오? 본평댁이 어서 본정신이 돌아와서 옥남이를 길러 재미를 보게 하오. 에그, 그 얌전하던 본평댁이 이렇게 될 줄 누가 알았단 말인고?"

하며 목이 메서 하던 말을 그친다. 본평 부인이 무슨 정신에 김씨의 부인을 알아보던지 비죽비죽 울며,

"여보, 회오골댁. 이런 절통(切痛)한 일이 있소? 댁 서방님이 우리 집에 오셔서 영문 장차를 다 때려죽이려 드시는 것을 내가 발바닥으로 뛰어나가서 말렸더니, 영문 장차 놈들이 그 공을 모르고 옥순 아버지를 잡아다 죽였소그려. 내가 옥황상제께 원정을 하였소. 옥황상제께서 그 원정을 보시더니 내 소원을 다 풀어 주마 하십디다. 염라대왕을 부르시더니 정 감사를 잡아다가 천 근이나 되는 무쇠 두멍(독)을 씌워서 지옥에 집어넣고, 우리 집에 나왔던 장차들은 금사망(金絲網, 금 그물, 벗어날 수 없는 그물)을 씌워서 구렁이가 되게 하고 옥황상제께서 날더러 하시는 말이, '너는 나가서 있으면 내가 인간에 죄 지은 사람들을 다 살펴서 벌을 주겠다.' 하십디다.

회오골댁, 내 말을 자세히 들어 두시오. 몇 해만 되면 세상에 변이 자꾸 날 터이오. 극성을 부리던 사람들은 꼼짝을 못

하게 되고 백성들은 제 재물을 제가 먹고 살게 될 터이오. 두고 보오, 내 말이 맞나 아니 맞나……. 옥순 아버지가 대관령에서 운명할 때에 하던 말이 낱낱이 맞을 터이오."

그렇게 실진한 말만 하다가 나중에는 그 소리 할 정신도 없이 눈을 감더니 부처님의 감중련(坎中連, 입을 다물고 말을 하지 않음)하는 손과 같이 손가락을 짚고 가만히 앉았는데, 그 앞에는 옥순의 남매 울음소리뿐이라.

태평양 너른 물에 크고 큰 화륜선이 살 가듯 떠나가는데 돛대 밖에 보이는 것은 파란 하늘뿐이요, 물 밑에 보이는 것은 또한 파란 하늘 그림자뿐이라. 해는 어데서 떠서 어데로 지는지? 배는 어데서 와서 어데로 가는지? 오던 곳을 살펴보아도 하늘에서 온 것 같고 가는 곳을 살펴보아도 하늘로 향하여 가는 것만 같다.

바람은 괴괴하고 물결은 잔잔하고 석양은 묘묘한데, 화륜선 상등실에서 갑판 위로 웬 사람 셋이 나오는데 앞에 선 것은 옥남이요, 뒤에 선 것은 옥순이요, 그 뒤에는 김씨라. 옥남이가 갑판 위로 뛰어다니면서,

"누님, 누님. 누님이 이런 좋은 구경을 마다고 집에서 떠날 때 오기 싫다 하였지? 집에 들어앉았으면 이런 구경을 하였겠소?"

하면서 흥이 나서 구경을 하는데 옥순이는 아무 경황없이 뱃머리에서 오던 길만 바라보고 섰다. 옥순이가 수심이 첩첩하여 남에게 형언하지 못하는 한탄이라.

"어머니는 어떻게 되셨누? 내가 집에 있을 때도 어머니 병구완하는 할미들이 어머니를 대하여 소리를 꽥꽥 지르며 움지르는 것을 보면 내 오장이 무너지는 듯하지마는, 그 할미들더러 애쓴다, 고맙다, 칭찬하는 것은 빈말이 아니라 그렇게 되신 우리 어머니를 밤낮없이 그만치 보아 드리기도 어려운 터이라. 그러나 나도 없으면 어떻게들 할는지⋯⋯."

그런 생각을 하다가 구슬 같은 눈물이 쌍으로 뚝뚝 떨어지는데 고개를 숙여 보니 만경창파에 간곳없이 스러졌다. 근심에 근심이 이어 나고 생각에 생각이 이어 난다.

"갈모봉이 어데로 가고 대관령은 어데로 갔누? 아버지 돌아가실 때에 대관령을 넘는데 천하에는 산뿐이요, 이 산에 올라서면 온 천하가 다 보이는 줄 알았더니. 에그, 그 산이 그 산이⋯⋯."

그렇게 생각하고 섰는데 대관령이 옥순의 눈에 선하게 보이는 듯하다. 산은 무정물(無情物)이라, 옥순이가 산에 무슨 정이 들어서 그리 간절히 생각하는고?

대관령 상상봉에는 눈 못 감고 돌아가신 아버지가 말없이 누우셨고, 대관령 밑 경금 동네에는 살아 있는 어머니가 돌아가신 아버지 신세만 못하게 되어 계시니 그 어머니 형상은 잊을 때가 없는지라. 잠이 들면 꿈에 보이고 잠이 깨이면 눈에 어린다.

거지를 보더라도 본정신으로 다니는 사람을 보면 우리 어머니는 저 신세만 못하거니 싶은 생각이 나고, 병신을 보더라도 본정신만 가진 사람을 보면 우리 어머니가 차라리 눈이 멀었든지 귀가 먹든지 팔이나 다리가 병신이 되었더라도 옥남이나 알아보고 세상을 지내시면 좋으련마는 하며 한탄하는 마음이 생기는 옥순이라. 옥순이가 사람을 보는 대로 그 어머니가 남과 같지 못한 생각이 나는 것은 오히려 예사이라. 날짐승 길벌레를 보더라도 처량한 생각이 든다.

"저것은 짐승이지마는 기뻐하는 마음, 성내는 마음, 슬퍼하는 마음, 즐거워하는 마음, 사랑하는 마음, 미워하는 마음, 욕심나는 마음, 그런 마음이 다 있을 터인데 어찌하여 우리 어머니는 사람으로 그런 마음을 잃으셨누? 아버지는 세상을 버리시고 어머니는 세상을 모르시는데, 의지(依支) 없는 우리 남매를 자식같이 사랑하고 불쌍히 여기는 사람은 회오골 사는 아저씨 내외이라. 헝겊붙이나 되어 그러하면 우리도 오히려 예사로울 터이나 과갈지의(瓜葛之誼, 인척의 정)도 없는 김가 최가이라. 우리 남매가 자라서 그 은혜를 어떻게 갚을는지……. 부모 같은 은혜가 있으나 아버지라 부를 수 없는 고로 아저씨라 부르지마는 우리 남매 마음에는 아버지같이 알고 따르는 터이라. 그러나 눈치 보고 체면 차리는 것은 아무리 한들 친부모와 같을 수는 없는지라. 내 근심을 다 감추고 좋은 기색만 보이는 것이 내 도리에 옳을 터이라."

하고 옥순이가 그런 생각을 하면서 다시 아니 울 듯이 눈물을 썩썩 씻고 고개를 들어서 오던 길을 다시 바라보니 망망한 바다 위에 화륜선 연기만 비꼈더라.

옥순이가 잠시간 화륜선 갑판 위에 나와 구경할 때라도 그런 근심 그런 생각을 하는 터이라. 고요한 밤 베개 위와 적적한 곳 혼자 있을 때는 더구나 옥순의 근심거리라.

김정수의 자는 치일이니 최병도와 지기하던 친구라. 내 몸을 가볍게 여기고 나라를 소중하게 아는 사람인데, 김씨가 천성이 그렇던 사람이 아니라 최씨에게서 천하 형세를 자세히 들어 안 이후로 어지러운 꿈 깨듯이 완고의 마음을 버리고 세상을 자세히 살펴보는 사람이요, 최씨는 김옥균의 고담준론을 얻어들은 후에 크게 깨달은 일이 있어서 나라를 붙들고 백성을 살릴 생각이 도저하나 일개 강릉 김 서방이라.

지체가 좋지 못하면 사람 축에 들지 못하는 조선 사람 되어, 아무리 경천위지(經天緯地)하는 재주가 있기로 어찌할 수 없는 고로 고향에 돌아가서 재물 모으기를 시작하였는데, 그 재물 모으려는 뜻은 호의호식하고 호강하려는 것이 아니라 그 재물을 모을 만치 모은 후에 유지(有志)한 사람 몇이든지 데리고 외국에 가서 공부도 시키고, 최씨는 김옥균과 같이 우리 나라 정치 개혁하기를 경영하려 하던 최병도라.

김씨가 최병도 죽은 후에 백아(伯牙)가 종자기 죽은 후에 거문고 줄을 끊듯이 세상일을 단망(斷望)하고 있는 중에, 본평 부인이 그 남편의 유언을 전하는 것을 듣더니 김씨의 눈에서 강개(慷慨, 의분에 원통함)한 눈물이 떨어지고 최씨의 부탁을 저버릴 마음이 없었더라.

최씨가 세 가지 유언이 있었는데 하나는 세상을 원망한 말이요, 또 하나는 그 친구 김정수에게 전하여 달라는 말이요, 또 하나는 그 부인에게 부탁한 말이라.

세상을 원망한 말은 최병도가 마지막 세상을 버리는 사람이 되어 말을 가리지 아니하고 함부로 한 터이라 인구전파(人口傳播)하기가 어려운 마디가 많이 있었는데, 누가 듣든지 최씨와 김씨의 교분(交分)을 부러워하고 칭찬한다. 김씨에게 전하라는 말도 또한 세상에 관계되는 일이 많은 고로 그 말을 얻어들은 사람들이 수군수군하고 쉬쉬하다가 그 말은 필경 경금 동네서 스러지고 세상에 전하지 아니하였고, 다만 그 부인에게 부탁한 말만 전하였더라.

"나는 천 석 추수를 하는 사람이요, 치일이는 조석을 굶는 사람이라. 내가 죽은 후에 내 재물을 치일이와 같이 먹고 살게 하고 내 세간을 늘리든지 줄이든지 치일의 지휘대로만 하고, 또 마누라가 산월(産月)이 머지 아니하니 자녀 간에 무엇을 낳든지 자식 부탁을 치일이에게 하라."

하면서 마지막 눈물을 떨어뜨리고 운명을 하였는지라.

본평 부인이 실진하기 전부터 김씨가 최씨의 집 일을 제 집 일보다 십 배, 백 배를 힘써서 보던 터인데, 본평 부인이 실진할 때는 옥순이가 불과 여덟 살이라. 최씨의 집 일이 더욱 망창(茫蒼, 큰일을 당하여 아득함)하게 된 고로 김씨가 최씨의 집 논문서까지 자기의 집에 옮겨다 두고 최씨 집에서 쓰는 시량범절(柴糧凡節)까지도 김씨가 차하하는 터이라. 형세가 늘면 어찌 그렇게 쉬 늘던지 최병도 죽은 지 일곱 해 만에 최병도 집 형세는 3, 4배가 더 늘었더라.

최씨는 죽고 그 부인은 그런 병이 들었으니 화패(禍敗, 재화의 실패)가 연첩(連疊)한 집에 패가(敗家)하기가 쉬울 터인데 형세가 그렇게 느는 것은 이상한 일이나, 김씨가 최씨 집 재물을 가지고 세간살이하는 것을 보면 그 세간이 늘 수밖에 없는지라.

가령 천 석 추수를 하면 백 석쯤 가지고 최씨와 김씨 두 집에서 먹고 살아도 남는 터이라, 구백 석은 팔아서 논을 사니 연년(年年)이 추수가 늘기 시작하여 그 형세가 불 일어나듯 하였는데, 옥남이 일곱 살 되던 해에 그 어머니를 만나 본 후로 옥순의 남매가 밤낮 울기만 하고 서로 떨어져 있지 아니하려는 고로, 김씨가 최병도 생전에 모은 재산만 남겨 두고 김씨의 손으로 늘린 전장(田莊)은 다 팔아서 그 돈으로 옥남의 남매를 미국에 유학 시키러 가는 길이라.

화성돈(華盛頓, 워싱턴)에 데리고 가서 번화하고 경치 좋은 곳은 대강 구경시킨 후에 옥순의 남매 공부할 배치(配置)를 다 하여 주었는데, 옥남이는 어린아이라 좋은 구경에 정신이 팔려서 집 생각을 아니 하나 옥순이는 꽃을 보아도 눈물을 머금고 보고 달을 보아도 눈물을 머금고 보고 박물관, 동물원 같이 번화한 구경을 할 때에도 경황없이 다니면서 생각만 한다.

김씨가 고향을 떠나서 오래 있기가 어려운 사정이나 기간사(期間事)는 전혀 생각지 아니하고 옥순의 남매를 공부 성취시킬 마음과, 자기도 연부역강(年富力强)한 터이라 아무쪼록 지식을 늘릴 도리에 힘을 쓰고 있는지라. 그렇게 다섯 해를 있는데 물가 비싼 화성돈에서 세 사람의 학비가 적지 아니한지라. 또 옥순의 남매를 아무쪼록 고생 아니 되도록 할 작정으로 의외에 돈이 너무 많이 쓰인 고로 십여 년 예산이 불과 다섯 해에 돈이 거진 다 쓰이고 몇 달 후면 학비가 떨어질 모양이라.

본래 김씨가 경금서 떠날 때에 또 최씨 집 추수하는 것을 연년이 작전(作錢, 돈을 마련)하여 늘리도록 그 아들에게 지휘하고 온 일이 있는데, 김씨가 떠날 때에는 그 아들의 나이 스물한 살이라. 그 후에 다섯 해가 되었으니 그때 나이는 이십육 세이라.

김씨 생각에 내가 집에 있어서 그 일을 본 해만은 못하더라도 그 후에 우리 나라의 곡가가 점점 고등하였으니 내 지휘대로만 하였으면 돈이 많이 모였을 듯하여 김씨가 학비를 구처(區處)할 마음으로 고국에 돌아오는데, 왕환(往還) 동안은 속하면(빠르면) 반년이요, 더디더라도 8, 9삭에 지나지 아니한다 하고 옥순의 남매를 작별하였더라.

김씨가 고국에 돌아와서 본즉 최씨 집에는 전과 같은 일도 있고 전만 못한 일도 있다. 본평 부인의 실진한 병은 전과 같아 살아 있을 뿐이요, 그 집 재물은 바싹 졸아서 전만 못하게 되었더라. 김씨가 다시 자기 집을 자세히 살펴보니 뜻밖에 전보다 다른 것이 두 가지라. 한 가지는 그 아들의 난봉이 늘고 또 한 가지는 그 아들의 거짓말이 썩 대단히 늘었더라.

부모가 믿기를 태산같이 믿고 일가친척이 칭찬하고 동네 사람들이 우러러보던 그 아들이 그다지 그렇게 될 줄은 꿈밖이라. 제 마음으로 그렇게 되었던가, 남의 꼬임에 빠져서 그렇게 되었던가? 제 마음이 글러서 그렇게 된 것도 아니요, 남이 꾀어서 그렇게 된 것도 아니라. 그러면 어찌하여 그렇게 되었던가?

그때는 갑오(甲午) 이후라 관제가 변하여 각 읍의 원은 군수가 되고 팔도는 십삼도 관찰부가 된 때라. 어떤 부처님 같은 강릉 군수가 내려왔는데 뒷줄이 튼튼치 못한 고로 백성의 돈을 펼쳐 놓고 뺏어 먹지는 못하나 소문 없이 갉아먹는 재주는 신통한 사람이라.

경금 사는 김정수의 아들이 남의 돈이라도 수중에 돈천 돈만이나 좋이 가지고 있다는 소문을 듣고 존문(存間)을 하여 불러들여, 치켜세우고 올려세우고 대접을 썩 잘하면서 돈 몇천 냥만 꾸어 달라 하니, 김소년의 생각에 그 시행을 아니 하면 하늘 모르는 벼락을 맞을 듯하여 겁이 나서 강릉 원에게 돈 몇천 냥을 소문 없이 주고 벙어리 냉가슴 앓듯 하고 있는 중에, 강릉 군수보다 존장(尊長) 할아비 치게 세력 있는 관찰사가 불러다가 웃으며 뺨치듯이 면새 좋게 뺏어 먹는 통에, 김소년이 최씨 집 추수 작전한 돈을 제 것같이 다 써 없애고 혼자 심려가 되어 별궁리를 다 하다가, 허욕이 버썩 나서 그 모친이 맡아 가지고 있는 최씨 집 논문서를 꺼내다가 빚을 몇만 냥을 얻어 가지고 울진으로 장사하러 내려가서 한 번 장사에 두 손 툭툭 털고 돌아왔더라.

처음에 장사 나설 때는 이번 장사에 군수와 관찰사에게 취

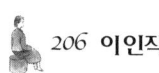

하여 준 돈을 어렵지 아니하게 벌충이 되리라 싶은 마음뿐이러니, 울진 가서 어살(물고기 잡는 장치)을 하다가 생선 비린내만 맡고 돈은 물속에 다 풀어 넣고 장사라 하면 진저리치게 되었는데, 그렇게 낭패 본 것을 그 부친에게 알리지 아니하고 편지할 때마다 거짓말만 하였더라.

본래 착실하던 사람이 거짓말하기 시작하면 엉터리없는 거짓말이 그렇게 잘 늘던지, 김소년이 저의 부친에게만 그렇게 거짓말하는 것이 아니라 남에게까지 거짓말을 하고 빚을 상투가 넘도록 졌는데, 최씨 집 재산을 결딴내놓고 사람을 속여먹으려고 눈이 뒤집혀 다니는 모양이라.

김정수가 기가 막혀서 말이 아니 나오는데 아들이 난봉 된 것은 오히려 둘째가 되고 옥남의 남매가 몇만 리 밖에서 굶어 죽게 된 일을 생각하면 잠이 아니 온다.

옥남의 남매를 데려올 작정으로 노자를 판출(辦出)하려는데, 본래 김씨는 가난하던 사람으로 최씨의 재물을 맛본 후에 남에게 신용이 생겼더니 최씨 집 재물이 없어진 후에 그 신용이 떨어질 뿐 아니라 그 아들이 난봉 패호(悖號, 좋지 못한 별명)한 후에, 동네 사람의 물의가 김치일의 부자(父子)는 최씨 집을 망하려는 사람이라고 소문이 떡 벌어졌는데, 누구더러 돈 한 푼 꾸어 달라 할 수도 없이 되고 섣불리 그런 말을 하면 남에게 욕만 더 얻어먹을 모양이라.

김씨가 며칠 밤을 잠을 못 자고 헛 경륜(經綸, 계획)만 하다가 화가 어찌 몹시 나던지 조석 밥은 본 체도 아니하고 날마다 먹느니 술뿐이라. 술이 깨면 별걱정이 다 생기다가 술을 잔뜩 먹고 혼몽 천지가 되면 아무 걱정 없이 팔자 좋게 세월을 보내는 터이라.

김씨가 집에 돌아온 지 몇 달 동안에 술 취하지 아니하는 날이 한 달 삼십 일 동안에 몇 시가 못 되더니 필경에는 그 몇 시간 동안에 정신 있던 것도 없어지고 세상을 아주 모르게 되었다. 술을 먹이 정신을 모르는 것이 아니요, 병이 들어 정신을 모르는 것도 아니라 긴 잠이 길게 들어서 이 세상을 모르게 되었더라.

그 전날까지도 고래 물켜듯이 술을 먹던 터이요, 아무 병 없이 사지백체가 무양(無恙)하던 터이라 병 없이 죽었으나 죽는 것이 병이라. 김씨가 죽던 전날 그 부인과 아들을 불러 앉히고 옥순의 남매를 데려올 말을 하는데 순리의 말은 별로 없고 억지 말만 있었더라.

몇 푼짜리 되지도 아니하는 집을 팔면 옥순의 남매를 데려올 듯이 집도 팔고 식구마다 남의 종으로 팔아서 그 돈으로 옥순 남매를 데려오겠다 하면서 코를 칵칵 지지르는 독한 소주를 말 물켜듯 하는데, 그때가 여름 삼복중이라 하루 종일 소주만 먹더니 날이 어슬하게 저물 때에 앞뒷문을 활짝 열어 놓고 자다가 몸에 불이 일어날 듯이 번열증(煩熱症)이 나서 냉수를 찾는데, 미처 대답할 새가 없이 재촉하여 냉수를 떠 오라 하더니 냉수 한 사발을 한숨에 다 먹고 콧구멍에 새파란 불이 나면서 당장에 죽었더라.

김씨는 옛사람이 되었으나 지금 이 세상에 밤낮으로 기다리고 있는 사람은 옥순이와 옥남이라. 김씨 집에서 김씨가 죽었다고 옥순에게로 즉시 전보나 하였으면 단념하고 기다리지 아니할 터이나, 김씨 아들이 시골서 생장한 사람이라 전보 할 생각도 아니하고 있는 고로 김씨가 죽은 지 5, 6삭이 되도록 옥순이는 전연 모르고 있었더라.

옥순의 남매가 학비가 떨어져서 사고무친(四顧無親)한 만리타국에서 굶어 죽을 지경이라. 편지를 몇 번 부쳤으나 답장 한 장이 없더니, 하루는 옥남이가 우편으로 온 편지 한 장을 받아 들고 들어오면서 좋아서 펄펄 뛰며,

"누님, 누님, 조선서 편지 왔소. 어서 좀 뜯어보오."

하면서 옥순의 앞에 놓는데, 옥순이가 어찌 반갑고 좋던지 겉봉에 쓴 것도 자세 보지 아니하고 뚝 떼어 보니 편지한 사람은 김씨의 아들이요, 편지 사연은 김씨가 죽었다는 통부(通訃)라.

그때 옥순이는 열아홉 살이요, 옥남이는 열두 살이라. 부

모같이 알던 김씨의 통부를 듣고 효자 효녀가 상제 된 것과 같이 설워하다가 그 설움은 잠깐이어니와 돈 한 푼 없는 옥남의 남매가 제 설움이 생긴다.

정신병이 들어서 아무것도 모르는 그 어머니를 살아 있을 때에 한번 다시 만나 볼까 하였더니 그 어머니 죽기 전에 옥순의 남매가 먼저 죽을 지경이라. 옥순이가 옥남이를 붙들고 울며,

"이 애 옥남아, 세상에 우리 남매같이 기박한 팔자가 또 어데 있단 말이냐! 돌아가신 아버지 일을 생각하든지 살아 계신 어머니 일을 생각하든지, 우리 남매는 일평생에 한(恨) 덩어리로 자라나서 아버지 산소에 한 번도 못 가보고 어머니 얼굴을 한 번 다시 못 보고 여기서 죽는단 말이냐? 어머니 생전에 우리가 먼저 죽으면 불효가 막심하나, 그러나 만리타국에 와서 먹을 것 없이 어찌 산단 말이냐?"

하면서 울다가 옥순의 남매가 자결하여 죽을 작정으로 나섰더라.

옥순의 남매는 본래 총명한 아이들인데 김씨가 어찌 잘 인도하였던지, 어린아이들의 마음일지라도 아무쪼록 남보다 공부를 잘하여 고국에 돌아간 후에 나라에 유익한 백성이 될 마음이 골똘하여 일심전력으로 공부를 하였는데, 옥순이는 옥남이보다 일곱 살이나 더하나 고국에 있을 때에 아무 공부 없

기는 일반이라.

　미국 가서 심상소학교에도 같이 들어갔고 심상과 졸업도 같이 하고, 그때 고등소학교 1년생으로 있는데 공부 정도는 같으나 열두 살 된 아이와 열아홉 살 된 아이의 지각 범절은 현연(顯然)히 다른지라. 그 아버지를 생각하기도 옥순이가 더 하고 그 어머니 정경(情景)을 생각하는 것도 옥순이가 더하는 터인데, 더구나 옥순이는 여자의 성정(性情)이라 어린 동생을 데리고 죽으려 할 때에 그 서러워하는 마음은 옥순이더러 말하라 하더라도 형용하여 다 말하지 못할지라.

　기숙(寄宿)하던 호텔은 다섯 해 동안에 주객지의(主客之誼)가 있었는데, 김씨가 옥순의 남매를 데리고 돈을 흔히 쓰고 있을 때는 그 호텔 주인은 형제같이 친하게 지내고 보이들은 수족같이 말을 잘 듣더니, 학비가 떨어지고 호텔 주인에게 요릿값을 못 주게 된 후에는 형제 같던 주인이나 수족 같던 보이나 별안간에 변하기로 그렇게 대단히 변하던지, 돈 없이는 하루라도 그 집에 있을 수가 없는 터이라. 그러나 호텔에서 두어 달 동안이나 외자로 먹고 있기는, 주인의 생각에 옥순의 집에서 돈을 정녕 보내 주려니 여기고 있는 고로 옥순의 남매가 그날 그때까지 그 집에 있던 터이라.

　대체 옥순의 남매가 그렇게 두어 달을 지낸 끝이라, 십 리만 가려 하더라도 전차 탈 돈도 없고 다만 있는 것은 옥순의 몸의 금시계 하나와 금반지 하나뿐이라.

옥순의 남매가 그 호텔 주인에게 어데로 간다는 말도 없이 가만히 나섰는데, 그 길은 죽으러 가는 길이라.

지는 해는 서천에 걸렸는데 내왕하는 행인은 각 사회에서 일 마치고 돌아가는 사람들이라. 옥순의 남매가 해 지기를 기다려서 기차 철로로 향하여 가는데 사람의 자취 드문 곳으로만 찾아간다. 땅은 검을락 말락 하고 열 간 동안에 사람은 보일락 말락 한데 옥순의 남매가 철도 옆 언덕 위에서 철도를 내려다보며 기차 지나가기를 기다린다. 옥순이가 옥남의 손목을 붙들고 울며,

"이 애 옥남아, 너는 남자이라 이렇게 죽지 말고 살았다가 남의 보이 노릇이라도 하고 하루 몇 시간이든지 공부를 착실히 한 후에 우리 나라에 돌아가서 병든 어머니나 다시 뵙고 어머니 생전에 봉양이나 착실히 할 도리를 하여 보아라. 나는 여자이라 살아 있더라도 우리 최가의 집에 쓸데없는 인생이니 죽으나 사나 소중한 것 없는 사람이나 너는 아무쪼록 살았다가 조상의 뫼나 묵지 말게 하여라."

"여보, 누님. 우리 나라 이천만 생명의 성쇠(盛衰)가 달린 나라가 결딴나게 된 생각은 아니하고 최가의 집 하나 망하는 것만 그리 대단히 아오? 내가 살았다가 우리 나라 일이나 잘하여 볼 도리가 있으면 보이 노릇은 고사하고 개 노릇이라도 하

겠소마는 최씨의 집 뫼가 묵는 것은 꿈같소."

"오냐, 기특한 말이다. 네 마음이 그러할수록 죽지 말고 살 았다가 나라를 붙들 도리를 하여 보아라."

"어보, 누님. 그 밀 마오. 사람이 죽을 마음을 먹을 때에 오 죽 답답하여 죽으려 하겠소? 김옥균은 동양의 영웅이라 하는 사람이 우리 나라 정치를 개혁하려다가 역적 감태기만 뒤 집어쓰고 죽었는데, 나 같은 위인이야 무슨 국량(局量, 남을 감 싸주며 일을 처리하는 힘)이 있어서 나라를 붙들어 볼 수 있소? 미국 와서 먹을 것 없어서 고생되는 김에 진작 죽는 것이 편 하지. 누님이나 고생을 참고 남의 집에 가서 심부름이나 하 고 밥이나 얻어먹고 살아 보오."

그 말을 마치지 못하여 기차 하나가 풍우같이 몰려들어오 는데, 옥남이가 언덕 위에 도사리고 섰다가 눈을 깍 감고 철 로를 내려 뛰니 옥순이가 따라서 철도에 떨어지는데, 웬 사 람이 언덕 아래서 소리를 지르고 쫓아오나 그 사람이 언덕에 올라올 동안에 살같이 빠른 기차는 벌써 그 언덕 앞을 지나 간다. 그 후 이틀 만에 화성돈 어느 신문에,

조선 학생 결사 미수(朝鮮學生決死未遂)

재작일 오후 7시에 조선 학생 최옥남 연 십삼(年十三), 여 학생 최옥순 연 십구(年十九), 학비(學費)가 떨어짐을 고민

(苦悶)히 여겨서 철도에 떨어져서 죽으려다가 순사 캘라베르 씨의 구한 바가 되었다. 그 학생이 언덕 위에서 수작할 때에 순사가 그 동정을 수상하게 여겨서 가만히 언덕 밑에 가서 들으나 말을 알아듣지 못하는 고로 먼저 동정을 살피려던 차에 그 학생이 기차 지나가는 것을 보고 철도에 떨어졌는지라. 순사가 급히 쫓아가 보니 원래 그 언덕은 불과 반길쯤 되고 철로는 쌍선이라 언덕 밑 선로는 북행차의 선로요, 그 다음 선로는 남행차의 선로인데 그 학생이 남행차 지나가는 것을 보고 그 차가 언덕 밑 선로로 가는 줄만 알고 떨어졌다가 순사에게 구한 바가 되었다더라.

그러한 신문이 돌아다니는데, 그 신문 잡보(雜報)를 유심히 보고 그 정경을 불쌍히 여기는 사람이 있다. 그 사람의 이름은 시엑기 아니스인데 하느님을 아버지 삼고 세계 인종을 형제같이 사랑하고 야소교를 진심으로 믿는 사람이라.

신문을 보다가 옥순의 남매에게 자선심이 나서 그 길로 옥순의 남매를 찾아 데려다가 몇 해든지 공부할 동안에 학비를 대어 주마 하니, 그때 옥순이와 옥남이의 마음은 공부할 생각보다 고국에나 돌아가도록 하여 주었으면 좋겠다 싶은 마음이 있으나 시엑기 아니스는 공부를 주장하여 말하는 고로, 옥순의 남매가 고국에 가고 싶다는 말은 차마 하지 못하고 미국에서 다시 공부를 한다.

본래 옥순이와 옥남이가 김씨 살았을 때 학과서(學科書)는 학교에 다니며 배웠으나 마음 공부는 전혀 김씨의 교육을 받은 사람이라. 성은 각성이나 김씨가 옥순의 남매에게는 부형 같은 사람이라, 옥순의 남매가 김씨의 교육 받은 것을 가정 교육이라 하여도 가한 말이라.

그 마음 교육이라 하는 것은 어떠한 마음인고?

본래 최병도와 김정수는 국가사상(國家思想)이 머리에 가득 찬 사람이라. 만일 최씨가 좀 오래 살았다면 김씨와 같이 나랏일에 죽었을 사람이라. 그러나 최씨가 죽은 후에 외손뼉이 울기 어려운지라 김씨가 강릉 구석 산 두멧골에서 제 재물이라고는 돈 한 푼 없이 지내면서 꼼짝할 수도 없는 중에, 저버릴 수 없는 최씨의 유언으로 최씨의 집을 보아 주느라고 헤어나지를 못한 고로 세상에서 김씨의 유지(有知)한 줄을 몰랐더라. 그러한 위인으로 일평생에 뜻을 얻지 못하여 말이 나오면 불평한 말뿐인데 그 불평한 말인즉 국가를 위하는 말이라.

옥순이와 옥남이가 자라나는 새 정신에 날마다 듣느니 국가를 위하는 말뿐인 고로 옥순이와 옥남이는 나라이라 하는 말이 뇌(腦)에 박히고 정신에 젖었더라. 그 후에는 다시 시엑기 아니스의 교육을 받더니 마음이 한층 더 넓어지고 목적 범

위가 한층 더 커져서, 천하를 한집같이 알고 사해(四海)를 형제같이 여겨서 몸은 덕의상(德義上)에 두고 마음은 인애적(仁愛的)으로 가져서 구구한 생각이 없고 활발한 마음이 생기더니 학문에 낙을 붙여서 고향 생각을 잊어버린다.

그러나 그것은 옥남의 마음이 그러하단 말이요, 옥순의 일은 아니라. 옥순이는 여자의 편성(偏性)으로 처음에 먹었던 마음이 조금도 변치 아니하였는데 그 처음에 먹었던 마음은 무슨 마음인고? 고국을 바라보고 오장이 살살 녹는 듯한 근심하는 마음이라.

아버지가 강원 감영에 잡혀가던 모양도 눈에 선하고, 어머니가 나를 붙들고 기가 막혀 울던 모양도 눈에 선하고, 아버지가 대관령 위에서 운명하던 모양도 눈에 선하고, 어머니가 옥남이를 낳고 실진하던 모양도 눈에 선하고, 김씨 부인이 옥남이를 데리고 왔을 때에 어머니가 그 옥남이를 몰라보고 베개에 식칼을 꽂아 놓고 강원 감사의 이름을 부르면서 원수 갚는다 하던 모양도 눈에 선하다.

그렇게 하는 근심이 끊어지다가 이어나고 스러지다가 생겨난다. 바라보는 것은 고국산천이요, 생각하는 것은 그 어머니라. 공부도 그만두고 하루바삐 고국에 가고 싶으나 시액기 아니스에게 이런 발설을 하기 어려운 터이라. 근심으로 날을 보내고 근심으로 해를 보내는데, 그렇게 보내는 세월 가

운데 옥순의 남매가 고등소학교를 마치고 졸업장을 타 가지고 와서 졸업장을 펴놓고 마주 앉아서 옥순이가 옥남이를 돌아다보며,

"이 애 옥남아, 사람이 무엇을 위하여 공부를 하느냐? 우리가 외국에 와서 오래 공부만 하고 있을 수도 없는 정세가 아니냐? 어머니가 본마음을 가지고 계시더라도 자식 된 도리에 여러 해를 슬하에 떠나 있으면 어머니 보고 싶은 마음이 간절할 터인데, 하물며 우리 어머니는 남다른 병환이 들어서 생활의 낙을 모르고 살아 계시니, 우리가 공부는 그만

하고 고국에 돌아가서 어머니 생전에 병구완이나 하여 드리자. 너는 어머니를 떠나서 유모의 집에서 일곱 살이 되도록 어머니 얼굴도 모르다가 일곱 살 되던 해에 어머니를 처음 뵈옵고 그 후에 즉시 미국에 와서 있으니 어머니 정경을 다 모르는 터이라, 이 애 옥남아."

부르다가 목이 메어서 말을 못하고 흑흑 느끼니 옥남이가 마주 우는데 눈물이 비 오듯 한다. 옥순이가 한참 진정하고 다시 말 시작하는데, 옥순이는 하던 말을 다 마칠 마음으로 느끼던 소리와 솟아나던 눈물을 억지로 참고 말을 하나 옥남이는 의구히 낙루한다.

"이 애 옥남아, 자세히 들어 보아라. 사람이 귀로 듣는 일과 눈으로 보는 일이 다르니라. 너는 우리 집 일을 귀로 들어 알았거니와 나는 내 눈으로 낱낱이 보고 아는 일이라. 아버지께서 그렇게 원통히 돌아가시고 어머니께서는 그 원통한 일로 인연하여 그런 몹쓸 병환 중에 지내시던 일은 원통히 돌아가신 아버지보다 몇 갑절이나 불쌍하신 신세이라.

이 애 옥남아, 이야기 하나 들어 보아라. 어머니 병드시던 이듬해에 우리 집에 조그마한 강아지가 있었는데, 그 강아지가 어데서 북어 대강이 하나를 물고 오더니 납죽이 엎드려서 앞발로 북어 대강이를 누르고 한참 재미있게 뜯어먹는데, 웬 청삽사리 개 한 마리가 오더니 강아지를 노려보며 드뭇드뭇

한 하얀 이빨이 엉크렇게 드러나도록 아가리를 벌리고 응응 소리를 하다가 와락 달려들어 강아지를 물어박지르고 북어 대가리를 뺏어 가니 누가 보든지 그 큰 개가 밉살스럽기는 하지마는, 우리 어머니는 남다른 한을 품고 남다른 병이 들어서 무엇이 무엇인지 모르고 지내는 터에, 개가 강아지를 물어박지르는 것을 보고 별안간에 실진하셨던 병 증세가 더 복발이 되어서 하시는 말이, '저놈이 강원 감사로구나! 남을 물어박지르고 먹을 것을 뺏어 가니, 그래 만만한 놈은 먹고 살지도 말란 말이냐? 이 몹쓸 놈아, 네가 강원 감사로 있어서 백성을 다 죽여 내더니 강아지까지 못살게 구느냐? 이놈, 나도 네게 원수 척을 지은 사람이라 내가 오늘 네 원수를 갚겠다.' 하시더니 소리를 버럭버럭 지르면서 개를 쫓아가시는데 그때는 깊은 겨울이라, 어머니 가신 곳을 알지 못하여 온 집 안사람들이 있는 대로 다 나서서 어머니를 찾으러 다니느라고 하룻밤을 새웠다. 그러하던 그 어머니를 우리가 이렇게 떠나서 있는 것이 자식 된 도리가 아니다.

이에 별생각 말고 시엑기 씨에게 좋게 말하고 고국으로 돌아갈 도리를 하자. 이 애 옥남아, 나는 몸이 여기 있으나 내 눈에는 어머니가 실진하여 하시던 모양만 눈에 선하다."

하면서 다시 느껴 운다. 옥남이가 한참 동안을 앉아 울다가 주먹으로 테이블 바닥이 쪼개지도록 내리치더니 양복 포

켓 속에서 착착 접은 하얀 수건을 내서 눈물을 썩썩 훔치고 눈방울을 두리두리하게 굴리고 이를 악물고 앉았더니 다시 기운을 내서 천연히 말한다.

"여보, 누님. 누님이 문명한 나라에 와서 문명한 신학문을 배웠으니 문명한 생각으로 문명한 사업을 하지 아니하면 못 씁니다. 누님, 누님이 내 말을 좀 자세히 들어 보시오. 사람이 부모에게 효성을 하려면 부모 앞에서 부모 봉양만 하고 들어앉는 것이 효성이 아니라 부모의 은혜 받은 이 몸이 나라의 국민의 의무를 지키고 국민의 직분을 다하는 것이 부모에게 효성이라.

우리 나라에는 세도재상이니 별입시니 땅별입시니, 무엇이니, 무엇이니, 하는 사람들이 성인 같으신 임금의 총명을 옹폐하고 국권을 농락하여 나라는 망하든지 흥하든지 제 욕(欲)만 채우고 제 살만 찌우려고 백성을 다 죽여 내는 통에, 우리 아버지가 그렇게 몹시 돌아가시고 우리 어머니도 그 일을 인연하여 그런 몹쓸 병환이 들으셨으니 그 원인을 생각하면 나라의 정치가 그른 곡절이라.

여보, 우리 나라에서 원통한 일 당한 사람이 우리뿐 아니라 드러나게 당한 사람도 몇천 몇만 명이요, 무형상(無形狀)으로 죽어나고 녹아나서 삼천리강산에 처량한 빛을 띠고 이천만 인민이 도탄에 들어서 나라는 쌓아 놓은 닭의 알같이 위태하고 인종은 봄바람에 눈 녹듯 스러져 없어지는 때라. 이 나라를 붙들고 이 백성을 살리려 하면 정치를 개혁하는 데 있는 것이니 우리는 아무쪼록 공부를 많이 하고 지식을 넓혀 아무 때든지 개혁당이 되어서 나라의 사업을 하는 것이 부모에게 효성하는 것이오.

여보, 누님. 우리가 지금 고국에 돌아가서 어머니를 모시고 있더라도 어머니 병환이 나으실 리도 없고 아버지 산소에 가도 아버지가 살아오실 리가 없으니, 아무리 우리 집에 박절한 사정이 있더라도 그 박절한 사정을 돌아보지 말고 국민 동포에게 공익(公益)을 위하여 공부를 더 하고 있습시다. 우리 나라의 일만 잘 되면 눈을 못 감고 돌아가신 아버지께서 지하에서 눈을 감을 것이요, 철천지한을 품고 실진까지 되셨던 어머니께서도 한이 풀리시면 병환이 나으실는지도 모를 일이니 어머니를 위할 생각은 그만하고 나라 위할 도리를 하시오. 누님이 만일 그런 생각이 작고 하루바삐 고국엘 돌아가서 어머니나 뵙고 누님이 시집이나 가서 편히 잘살려는 생각이 간절하거든 오늘일지라도 떠나가시오. 노잣돈은 아무 때든지 시엑기 씨에게 신세지기는 일반이니 내가 말하여 얻어 드리리다."

옥순이가 그 말을 듣고 가만히 앉아 생각을 하더니 옥남의 말을 옳게 여겨 근심을 참고 공부에 착심(着心)하여 해외 풍상에 몇 해를 더 지냈던지, 옥순이는 사범학교까지 졸업한 후에 근심을 잊어버리기 위하여 음악학교에서 공부하고 옥남이는 중학교를 마친 후에 경제학(經濟學)을 공부하면서 한편으로 사회철학(社會哲學)을 깊이 연구하더라.

백면서생의 책상머리는 반딧불 창과 눈 쌓인 밤에 어느 때든지 맑고 고요치 아니한 때가 없지마는 세계 풍운은 날로 변하는 때라. 더구나 우리 나라에서는 세상이 어찌 되어 가는지 모르고 괴상 극악한 짓만 하다가 세계 풍운이 변하는 서슬에 정신이 번쩍번쩍 나는 판이라. 일로(日露)전쟁 이후로 옥남이가 신문만 정신 들여 날마다 보는데 신문을 볼 때마다 속만 터진다. 어찌하여 그렇게 속이 터지는고?

옥남의 마음에 우리 나라 일은 놀부의 박 타듯이 박은 타는데 경만 치게 된 판이라고 생각한다. 박을 타는 것 같다 하는 말은 웬 말인고?

옛날 놀부의 마음이 동포 형제는 다 빌어먹게 되더라도 남의 것을 뺏어서 내 재물만 삼으면 좋은 줄로 알던 사람이라. 일평생에 악한 기운이 두리두리 뭉쳐서 바람풍 자 세 가지 쓰인 박씨 하나가 되었더라. 그 바람풍 자 풀기를 올풍, 졸풍, 망풍이라 하였으나 옥남이 같은 신학문 있는 사람의 마음에는 그 바람풍 자가 북풍이 아니면 서풍이요, 서풍이 아니면 남풍이라. 대체에는 바람에 경을 치든지 큰 바람이 불고 말리라 싶은 생각이나, 그러나 바람 불기 전에는 어느 바람이 불는지 모르는 것이요, 박을 타기 전에는 무엇이 나올지 모르는 터이라. 대체 그 박씨가 어느 바람에 불리어 온 것인고?

한식 동풍에 어류가 비꼈는데 왕사 당전에 날아드는 제비들이 공량(空梁)에 높이 앉아 남남히(재잘거리는 소리) 지저귀고 강남 소식을 전하면서 박씨를 떨어뜨린다. 주인이 그 박씨를 주워다가 심었는데 조물이 거름을 어찌 잘하였던지 넝쿨마다 마디지고 마디마다 꽃이 피고 꽃마다 열매 맺어 낱낱이 잘 굳으니 그 박이 박복한 박이라. 팔월단호(八月斷瓠) 8월에 박을 따서 놀부가 그 박을 타는데, 톱질을 하여도 합질할 생각으로 박을 타더라.

한 통을 타면 초상상제(初喪喪制)가 나오고 또 한 통을 타면 장비(張飛)가 나오고 또 한 통을 타면 상전이 나오니, 나머지 박은 겁이 나서 감히 탈 생의를 못하나 기왕에 열려서 굳은 박이라 놀부가 타지 아니하더라도 제가 저절로 터지더라도 박 속에 든 물건은 다 나오고 말 모양이라. 놀부가 필경 패가하고 신세까지 망쳤는데 도덕 있고 우애 있는 흥부의 덕으로 집을 보전한 일이 있었더라.

그러한 말은 허무한 옛말이라. 지금 같은 문명한 세상에 물리학으로 볼진대 박 속에서 장비가 나오고 상전도 나올 이치가 없으니 옥남이가 그 말을 참말로 믿는 것이 아니다. 그러나 옥남의 마음에 옛날 우리 나라에 이학박사(理學博士)가 있어서 우리 나라 개국 오백 년 전후사를 추측(推測)하고 비유하여 지은 말인가 보다, 그렇게 생각하여 의심나고 두려운 마음이 주야 잊지 못하는 것이 옥남의 일편(一片) 충심이라.

옥남의 마음에 우리 나라는 놀부의 천지라 세도재상도 놀부의 심장(心腸)이요, 각 도 관찰사도 놀부의 심장이요, 각 읍 수령도 놀부의 심장이라. 하루바삐 개혁당이 나서서 일반 정치를 개혁하는 때에는 저 허다한 놀부 떼가 일시에 박을 타고 들어앉았으려니 생각한다.

옥남이가 날마다 때마다 우리 나라가 개혁되기만 기다리는데 그 기다리는 것은 놀부 떼를 미워서 개혁되기를 기다리는 것도 아니요, 국가의 미래중흥(未來重興)을 바라고 인민의 목하도탄(目下塗炭)을 면하게 되는 것을 바라는 마음이라.

그러나 우리 나라 일은 깊은 잠 어지러운 꿈과 같아 불러도 아니 깨이고 몽둥이로 때려도 아니 깨이는 터이라. 어느 때든지 하늘이 뒤집히도록 천변이 나고 벼락불이 뚝뚝 떨어지기 전에는 저 꿈 깨기가 어려우리라 싶은 것도 옥남의 생각이라.

서력 일천구백칠 년은 우리 나라 개국 오백십육 년이라. 그해 여름이 되었는데 하늘에서는 불빛이 뚝뚝 떨어진다. 그 불빛이 미국 화성돈 어느 호텔 객실에 비치었는데 그 객실은 동남향이라. 동남 유리창에 아침볕이 들이 쪼인다.

그 유리창 안에는 백포장을 드렸고 백포장 밑에는 침대가 놓였고 침대 위에는 여학생이 누웠는데 그 여학생은 옥순이라. 옥 같은 얼굴이 아침볕 더운 기운에 선 앵둣빛같이 익어서 도화색이 지고 땀이 송송 나서 해당화에 이슬 맺힌 듯하였는데, 어여쁘기는 일색이나 자세 보면 얼굴에 나이 들어서 삼십이 가까운 모양이라. 그루잠(늦잠)을 곤히 자다가 기지개를 켜고 눈을 떠서 벽상에 걸린 자명종을 쳐다보더니 바스스 일어나며,

"에그, 벌써 여덟 시가 되었구나. 아무리 일요일이라도 너무 염치없이 잤구나."

하면서 옷을 고쳐 입고 세수하고 식전에 하는 절차를 다 한후에 거울을 들여다보다가 탄식을 한다.

"세월도 쉽다, 내가 벌써 이렇게 되었단 말인가? 우리 아버지 돌아가시던 해에 어머니 나이 지금 내 나이쯤 되셨고 나는 그때 불과 여덟 살이러니, 내가 자라서 이렇게 되었으니 어머니께서 얼마나 늙으셨누? 사람이 세상에 생겨나려거든 좋은 때에 생겨날 것이지, 무슨 팔자가 그리 기박하여 이런 때에 생겨났던고? 희호세계에 나서 밭 갈아 먹고 우물 파 마시고 재력(財力)을 모르던 백성들은 우리 아버지같이 원통히

죽은 사람도 없을 것이요, 우리 어머니같이 포원(抱冤)하고 미친 사람도 없으렷다. 에그, 나는⋯⋯."

하다가 말끝을 마치지 아니하고 아무 소리 없이 앉았는데 기색이 좋지 못한 모양이라. 문밖에서 문을 뚝뚝 두드리는 소리가 나며 문을 열고 들어오는 사람은 옥남이라. 옥순이가 좋지 못하던 얼굴빛을 감추고 천연히 앉았으나 옥남이가 옥순의 기색을 보고 근심하던 눈치를 알았던지 교의 위에 턱 걸터앉으며,

"누님, 오늘 신문 보셨소?"

"이 애, 신문이 다 무엇이냐? 지금 일어나서 겨우 세수하였다."

"밤에 너무 늦게 주무시면 식전 잠이 많으시지요. 그러나 요새는 밤 몇 시까지 공부를 하시오?"

"공부하려고 밤을 샐 수야 있느냐? 어젯밤에는 열두 시까지 책을 보다가 새로 한 시에 드러누웠더니 어머니 생각이 나기 시작하여 잠이 덧들었다가 밤을 새웠다."

"그러나 참, 오늘 신문 보셨소? 오늘 신문은 썩 재미있던 걸⋯⋯."

"무엇이 그렇게 재미있단 말이냐? 어느 신문에 무슨 말이 있단 말이냐?"

하여 테이블 위에 놓인 신문을 보려 하니 옥남이가 신문지

를 누르면서,

"여보시오, 누님. 여러 신문을 다 찾아보려 하면 시간이 더 딜 터이니 내게 잠깐 들으시오. 자, 자세 들어 보시오. 신문 제목은 여학생의 아침잠이라, 화성돈 셰맨스 호텔에 유(留)한 한국 여학생 최옥순이는 동방이 샐 때를 초저녁으로 알고 해가 삼장(三丈)이 높았을 때를 밤중으로 알고 자는 여학생이라 하였는데, 대체 그 아래 마디까지 다 외지는 못하오."

"이 애, 그것은 너의 거짓말이다. 내가 근심을 잊어버리고 밤에 잠을 잘 자도록 권하려고 네가 나를 조롱하는 말인가 보다. 이 애 옥남아, 낸들 근심을 하고 싶어서 일부러 하겠느냐? 어젯밤에도 열두 시까지 책을 보다가 침대에 드러누웠더니 우연히 고국 생각이 나기 시작하여 동방에 계명성(啓明星)이 올라오도록 잠 못 이루어 애를 쓰다가 먼동이 틀 때 겨우 잠이 들었다. 근심을 잊어버리자고 결심하고 있는 네 마음이나 잊어버리지 못하는 내 마음이나 다를 것이 없으니 나는……."

하다가 말을 맺지 못하고 눈물이 옷깃에 떨어진다.

"여보, 누님. 다른 말씀 마시고 신문을 좀 보시오."

옥순이가 그 소리를 듣더니 참 제 말이 신문에 난 듯이 의심이 나서 급히 신문지를 집어서 앞에다 놓으니, 옥남이가 옥순이의 앞으로 다가앉으며 각 신문을 뒤적거리다가 옥남의

손가락이 신문지 위에 뚝 떨어지며,

"이것 좀 보시오."

하는 소리에 옥순의 눈이 동그래지며 옥남의 손가락 가리키는 곳을 본다. 본래 옥순이가 고국 생각을 너무 하고 밤낮 근심으로 세월을 보내는 고로, 옥남이가 옥순이를 볼 때마다 옥순이를 웃기고 위로하던 터이라. 그 신문의 기재한 제목은 한국 대개혁(韓國大改革)이라 하였는데, 대황제 폐하 전위하시던 일이라. 옥순이가 그 신문을 다 본 후에 옥남이와 옥순이가 다시 의논이 부산하다.

"이 애 옥남아, 세계 각국에 개혁 같은 큰일이 없고 개혁같이 어려운 일은 없는 것이라. 우리 나라에서 수십 년래로 개혁에 착수하던 사람들이 나라에 충성을 극진히 다하였으나 우리 나라 백성은 역적으로 알고 전국 백성은 반대하고 원수같이 미워한 고로, 개혁당의 시조 되는 김옥균 같은 충신도 자객의 암살을 면치 못하였고 그 후에 허다한 개혁당들도 낱낱이 역적 이름을 듣고 성공치 못하였는데, 지금 이렇게 큰 개혁이 되었으니 네 생각에 앞일이 어찌 될 듯하냐?"

옥남이가 한참 동안을 말없이 가만히 앉았다가 우연 탄식이라.

"지금이라도 개혁만 잘 되면 몇십 년 후에 회복될 도리가 있지요. 내가 이때까지 누님께 듣기 좋은 말만 하고 조금도

걱정되는 일은 말하지 아니하였더니 오늘 처음으로 내 마음에 있는 말을 다 하리라.

만일 우리 나라가 칠십 년 전에 개혁이 되어서 진보를 잘 하였다면 우리 나라도 세계 일등 강국이 되어 해삼위(海蔘威, 블라디보스토크)에 아라사(러시아) 사람이 저러한 근거지를 잡기 전에 우리 나라가 먼저 착수하였을 것이요, 만일 오십 년 전에 개혁이 되었다면 해삼위는 아라사 사람에게 양도하였으나 청국 만주는 우리 나라 세력 범위 안에 들었을 것이오. 만일 사십 년 전에 개혁이 되었으면 우리 나라 육해군의 확장이 아직 일본만 못하나 또한 당당한 문명국이 되었을 것이오. 만일 삼십 년 전에 개혁이 되었으면 삼십 년 동안에 또한 중등 강국은 되었을지라. 남으로 일본과 동맹국이 되고 북으로 아라사 세력이 뻗어 나오는 것을 틀어막고 서로 청국의 내버리는 유리(遺利)를 취하여 장차 대륙에 전진의 길을 열어서 불과 기년(몇 해)에 또한 일등 강국을 기약하였을 것이오. 만일 이십 년 전에 개혁이 되었으면 이십 년 동안에 나라 힘이 크게 떨치지는 못하였더라도 인민의 교육 정도와 생활의 길이 크게 열려서 국가의 독립하는 힘이 유여하였을 것이오. 만일 십 년 전에 개혁이 되었을 지경이면 오호만의(嗚呼晚矣, 오호, 늦었으리라)라, 나라 일하기가 대단히 어려운 때이라. 비록 남의 힘을 빌리지 아니하고 내 힘으로 개혁을 하였더라도 백공천창(百孔千創, 구멍과 상처투성이로 엉망이 됨)의 꿰매지 못할 일이 여러 가지라. 그러나 개혁한 지 십 년만 되었더라도 족히 국가를 보존할 기초가 생겼을 터이라.

그러한즉 우리 나라의 개혁 조만(早晚)이 그 이해(利害)가 이러하거늘, 정치개혁은 아니 하고 도리어 나라 망할 짓만 하였으니 그런 원통한 일이 있소? 지금 우리 나라 형편이 어떠하냐 할진대 말 한마디로 그 형편을 자세히 말하기 어려운지라. 가령 한 사람의 집으로 비유할진대 세간은 다 판이 나고 자식들은 다 난봉이라 누가 보든지 그 집은 꼭 망하게만 된 집이라. 비록 새 규모를 정하고 치산(治産)을 잘할 도리를 하더라도 어느 세월에 남의 빚을 다 청장(淸帳)하고 어느 세월에 그 난봉된 자식들을 잘 가르쳐서 사람 치러 다니고 형제간에 싸움만 하고 밤낮으로 무슨 일만 저지르던 것들이 지각이 들어서 집안에 유익자식(有益子息)이 되도록 하기가 썩 어려울지라.

우리 나라의 지금 형편이 이러한 터이라. 황제 폐하께서 등극하시면서 일반 정치를 개혁하시니 만고에 영걸하신 성군(聖君)이시라. 우리도 하루바삐 우리 나라에 돌아가서 우리 배운 대로 나라에 유익한 사업을 하여 봅시다."

하더니 옥순의 남매가 그 길로 시엑기 아니스 집에 가서 그 사정을 말한다. 그때 시엑기 아니스는 나이 많고 또 병중이

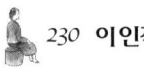

라. 그 재물을 다 흩어서 고아원과 자선병원에 기부하고 그 자손은 각기 그 학력(學力)으로 벌어먹으라 하고, 옥남의 남매에게 미국 지화 오천 류를 주며 고국에 가라 하니, 옥순이와 옥남이가 그 돈을 고사하여 받지 아니하고 다만 여비로 오백 류만 달라 하여 가지고 미국을 떠나는데, 시엑기 아니스는 그 후 3삭 만에 세상을 버리고 먼 천당 길을 갔더라.

옥순이와 옥남이가 부산에 이르러서 경부 철도를 타고 서울로 향하여 오는데, 먼 산을 바라보고 소리 없는 눈물이 비 오듯 한다. 토피(土皮) 벗은 자산(바닥이 드러난 산)에 사태가 길길이 난 것을 보면 저 산의 토피를 누구들이 저렇게 몹시 벗겨 먹었누 하며 옛일 생각도 나고, 저 산이 언제나 수목이 울밀하게 될꼬 하며 앞일 생각도 한다. 산 밑 들 가운데 길가에 게딱지같이 납작한 집을 보면 저것도 사람 사는 집인가 싶은 마음이 든다. 옥순의 남매가 어렸을 때에 그런 것을 보고 자라났지마는 처음 보는 것같이 기막힌 마음뿐이라.

그러나 한 가지 위로되는 마음은 융희 원년은 황제 폐하께서 정치를 개혁하신 해라. 다시 마음을 활발히 먹고 서울로 올라와서 하루도 쉬지 아니하고 그 길로 강릉으로 내려간다. 강릉 경금 동네에 웬 양복 입은 남자와 양복 입은 부인이 교군을 타고 오다가 동네 가운데에서 교군을 내려 나오더니 최본평 집을 묻는데, 그 동네에서 양복 입은 부인을 처음 보는지 구경꾼이 앞뒤로 모여들고 개 짖는 소리에 말소리가 자세 들리지 아니한다.

그 양복 입은 부인은 옥순이요, 남자는 옥남이라. 동네 사람들이 옥순의 남매가 왔다는 말을 듣고 앞뒤로 따라 서서 본평 집으로 데리고 가는데 사람이 모여들고 모여든다.

김정수의 부인은 어데서 듣고 그렇게 빨리 쫓아오던지, 달음박질을 하다가 짚신짝이 앞으로 팽개를 치는 듯이 벗어져 나가다가 길 아래 논에 뚝 떨어지는 것을 보고 건질 새도 없이 버선 바닥으로 쫓아와서 옥순이와 옥남이를 붙들고 울며 본평 집으로 간다.

이때는 가을이라 서리 맞은 호박잎은 울타리에 달려 있어 바람에 버썩버썩하는 소리뿐이요, 마당에는 거친 풀이 좌우로 우거졌는데, 이 집에도 사람이 있나 싶은 그 집이 본평 집이라.

옥남이는 생각나는 일도 있고 잊어버린 일도 많지마는 옥순이는 눈에 보이는 물건이 차차 볼수록 어제 보던 물건 같고 옛일을 생각할수록 어제 지내던 일같이 생각이 난다.

옥순의 남매가 그 어머니 방으로 들어가는데, 그 어머니는 살아 있으나 뼈만 엉성하게 남고 그중에 늙어서 머리털은 희뜩희뜩하고 귀신 같은 모양으로 미친 증세는 이전에 볼 때보

다 조금도 다를 것이 없는지라. 옥순이가 어머니 앞으로 달려들며,

"어머니, 어머니. 옥순이, 옥남이가 어머니를 떠나서 만리타국에 공부하러 갔다가 오늘 집에 돌아왔소. 어머니, 어머니. 어머니가 어찌하여 지금까지 병환이 낫지 못하셨단 말이오!"

하며 기가 막혀 우느라고 다시 말을 못하는데 옥남이가 그 어머니 앞에 마주 앉아 울며,

"어머니, 날 좀 자세히 보시오. 내가 어머니 아들이오. 아버지께서 원통히 돌아가신 후에 어머니가 철천지한을 품고 계신 중에 유복자로 나를 낳으시고 이런 병이 들으셨다 하니, 나 같은 불효자가 아니 났다면 어머니가 저런 병환이 아니 들으셨을 터인데……."

그 말끝을 마치지 못하여 본평 부인이 소리를 버럭 지른다.

"무엇이냐, 응, 불효라니? 이놈, 네가 뉘 돈을 뺏어 먹으려고 누구더러 불효부제라 하느냐? 이놈, 이때까지 아니 죽고 살아서 백성의 돈을 뺏어 먹으려 든단 말이냐?"

하며 미친 소리를 한다. 옥남이가 목이 메어 울며,

"어머니, 어머니. 어머니가 저런 마음으로 병이 들으셨소 그려. 지금은 백성의 재물 뺏어 먹을 사람도 없고 무리한 백성을 죽일 사람도 없는 이 세상이오."

본평 부인이 이 말을 어찌 알아들었던지,

"응, 무엇이야? 그 강원 감사 같은 놈들이 다 어데 갔단 말이냐?"

"어머니가 그 말을 알아들으셨소? 지금 세상은 이전과 다른 때요. 황제 폐하께서 정치를 개혁하셨는데 지금은 권리 있는 재상도 벼슬 팔아먹지 못하오. 관찰사, 군수들도 잔학생민(殘虐生民)하던 옛 버릇을 다 버리고 관황돈(봉급) 외에는 낯선 돈 한 푼 먹지 못하도록 나랏법을 세워 놓은 때올시다. 아버지께서 이런 때에 게셨다면 재물을 아무리 많이 가졌더라도 그런 화를 당할 리가 없으니 아버지께서도 지하에서 이런 줄 아실 지경이면 천추의 한이 풀리실 터이니, 어머니께서도 한 되던 마음을 잊어버리시고 여년(餘年)을 지내시오. 나는 어머니 유복자 옥남이오."

본평 부인이 정신이 번쩍 나서 옥남이와 옥순이를 붙들고 우는데, 첩첩한 구름 속에 묻혔던 밝은 달 나오듯이 본정신이 돌아오는데 운권청천(雲捲靑天)이라. 옥남이를 붙들고 울며,

"이 애, 네가, 네가 하늘에서 떨어졌느냐? 땅에서 솟았느냐? 내 속에서 나온 자식이 이렇게 자라도록 내가 모르고 지냈단 말이냐? 옥남아, 네 이름이 옥남이란 말이냐? 어데로 갔다가 이제야 왔느냐? 너의 아버지 돌아가실 때도 젊으셨던 때라 네 얼굴을 보니 너의 아버지를 닮은들 어찌 그렇게

천연히 닮았느냐? 이 애 옥순아, 너는 너의 아버지 돌아가실 때에 어린아이라 어렸을 때 일을 자세히 생각할는지 모르겠다마는 너의 아버지 얼굴을 못 생각하거든 옥남이를 보아라. 이 애 옥순아, 네가 벌써 자라서 저렇게 되었단 말이냐?

내가 본정신으로 너희들을 다시 만나 보니 오늘 죽어도 한을 잊어버리고 죽겠다. 그러나 너의 아버지께서 살았다가 저런 모양을 보셨으면 오죽 좋아하겠으며, 또 평생에 나라를 위하여 근심하시고 우리 나라 백성을 위하여 근심하시더니 탐관오리들이 다 쫓겨서 산 깊이 들어앉는 이 세상을 보셨으면 오죽 좋아하시겠느냐? 나와 같이 절에나 올라가서 너의 아버지가 연화세계(蓮花世界)로 가시도록 불공이나 하고, 너희들은 아버지 계신 연화세계로 이 세상이 태평세계 되었다고 축문이나 읽어라.”

옥순의 남매가 뜻밖에 어머니 병이 나은 것을 보더니 마음에 어찌 좋던지 그 이튿날 그 어머니를 모시고 절에 가서 불공을 한다.

극락전 부처님은 말없이 가만히 앉았는데 만수향 연기는 맑은 바람에 살살 돌아 용트림하고 본평 부인이 축원하는 소리는 처량하다.

절 동구 밖에서 총소리 한 번이 탕 나면서 웬 무뢰지배 수

백 명이 들어오더니 옥남의 남매를 붙들어 내린다.

옥순이와 옥남이는 학문과 지식이 넉넉한 사람이라 조금도 겁나는 기색이 없고 천연히 붙들려 나가는데, 그 무뢰지배가 옥순의 남매를 잡아 놓고 재약한(화약을 잰) 총부리를 겨누면서,

"네가 웬 사람이며 머리는 왜 깎았으며 여기 내려오기는 무슨 정탐을 하러 왔느냐? 우리는 강원도 의병(義兵)이다. 너 같은 수상한 놈은 포살하겠다."

하며 기세가 당당한지라. 옥남이가 천연히 나서더니 일장 연설을 한다.

"여보시오, 우리 동포. 들어 보시오. 나는 동포를 위하여 공변(公辨)되게 하는 말이니 여러분이 평심서기(平心舒氣)하고 자세히 들으시오. 의병도 우리 나라 백성이요, 나도 우리 나라 백성이라. 피차에 나라 위하고 싶은 마음은 일반이나 지식이 다르면 하는 일이 다른 법이라. 이제 여러분 동포께서 의병을 일으켜서 죽기를 헤아리지 아니하고 하시는 일이 나라에 이롭고자 하여 하시는 일이오, 나라에 해를 끼치려는 일이오? 말씀을 하여 주시오.

내가 동포를 위하여 그 이해(利害)를 자세히 말하면 여러분의 마음과 같지 못한 일이 있어서 나를 죽이실 터이나, 그러나 내가 그 이해를 알면서 말을 아니 하면 여러분 동포가 화

를 면치 못할 뿐 아니라 국가에 큰 해를 끼칠 터이니, 차라리 내 한 몸이 죽을지라도 여러분 동포가 목전의 화를 면하고 국가 진보에 큰 방해가 없도록 충고하는 일이 옳을 터이라. 여러분이 나를 죽일지라도 내 말이나 다 들은 후에 죽이시오.

여러분 동포가 의리를 잘못 잡고 생각이 그릇 들어서 요순(堯舜) 같은 황제 폐하 칙령을 거스르고 흉기를 가지고 산야로 출몰하며 인민의 재산을 강탈하다가, 수비대 일병 사오십 명만 만나면 수십 명 의병이 더 당치 못하고 패하여 달아나거나 그렇지 아니하면 사망 무수(無數)하니, 동포의 하는 일은 국민의 생명만 없애고 국가 행정상에 해만 끼치는 일이라, 무엇을 취하여 이런 일을 하시오?

또 동포의 마음에 국권을 잃은 것을 분하게 여긴다 하니, 진실로 분한 마음이 있을진대 먼저 국권 잃은 근본을 살펴보고 장차 국권이 회복될 일을 하는 것이 옳은 일이라. 우리 나라 수십 년래 학정(虐政)을 생각하면 이 백성의 생명이 이만치 남은 것이 뜻밖이요, 이 나라가 멸망의 화를 면한 그런 다행한 일이 어디 있소?

우리 나라 수십 년래 학정은 여러분이 다 같이 당한 일이니 물으실 리가 없으나 나는 내 집에서 당하던 일을 말씀하리다. 내 선인(先人)도 재물냥이나 있는 고로 강원 감영에 잡혀가서 불효부제로 몰려서 매 맞고 죽은 일도 있고, 그 일로 인연하여 집안 화패(禍敗)가 무수하였으니 세상에 학정같이 무서운 건 없습니다. 여보, 그런 한심한 일이 있소? 이야기를 좀 들어 보시오.

내가 미국 가서 십여 년을 있었는데 우리 나라 사람 하나를 만나서 말을 하다가 그 사람이 관찰사 지낸 사람이라 하는 고로, 내가 내 집안에서 강원 감사에게 학정 당하던 생각이 나서 말하나니 탐장하는 관찰사는 죽일 놈이니 살릴 놈이니 하였더니 그 사람 하는 말이, '그런 어림없는 말 좀 마오. 관찰사를 공으로 얻어먹는 사람이 몇이나 되오? 처음에 할 때도 돈이 들려니와 내려간 후에 쓰는 돈은 얼마나 되는지 알고 그런 소리를 하오? 1년에 몇 번 탄신(임금 등의 생신)에 쓰는 돈은 얼마나 되며 그 외에는 쓰는 돈이 없는 줄로 아오? 그래, 몇 푼 되지 못하는 월급만 가지고 되겠소? 백성의 돈을 아니 먹으면 그 돈 벌충을 무슨 수로 하오? 만일 관찰사로 있어서 돈 한 푼 아니 쓰고 배기려 들다가 벼락은 누가 맞게?' 하는 소리를 듣고 내가 기가 막혀서 말대답을 못하였소. 대체 그런 사람들이 빙공영사(憑公營私, 공무를 빙자하여 사적인 영달을 꾀함)로 백성의 돈을 뺏으려는 말이요, 탐장을 예사로 알고 하는 말이라. 그러한 정치에 나라가 어찌 부지하며 백성이 어찌 부지하겠소?

그렇게 결딴난 나라를 황제 폐하께서 등극하시면서 덕을

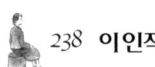

헤아리시고 힘을 헤아리셔서 나라 힘(國力)에 미쳐, 갈 만한 일은 일신 개혁하시니 중앙 정부에는 매관매직하던 악습이 없어지고 지방에는 잔학생령(殘虐生靈)하던 관리가 낱낱이 면관이 되니 융희 원년 이후로 황제 폐하께서 백성에게 학정하신 일이 무엇이오?

여보, 동포들, 들어 보시오. 우리 나라 국권을 회복할 생각이 있거든 황제 폐하 통치하에서 부지런히 벌어먹고 자식이나 잘 가르쳐서 국민의 지식이 진보될 도리만 하시오. 지금 우리 나라에 국리민복(國利民福) 될 일은 그만한 일이 다시없소. 나는 오늘 개혁하신 황제 폐하의 만세나 부르고 국민 동포의 만세나 부르고 죽겠소."

하더니 옥남이가 손을 높이 들어,

"대황제 폐하 만세, 만세, 만세! 국민 동포 만세, 만세, 만세!"

그렇게 만세를 부르는데 의병이라 하는 봉두돌빈(흐트러진 머리털)의 여러 사람들이 아우성을 지르며,

"저놈이 선유사(宣諭使, 임금의 명으로 백성들에게 훈유하던 벼슬 아치)의 심부름으로 내려온 놈인가 보다. 저놈을 잡아가자."

하더니 풍우같이 달려들어서 옥남의 남매를 잡아가는데, 본평 부인은 극락전 부처님 앞에 엎드려서 옥남의 남매를 살게 하여 줍시사, 하는 소리뿐이라.

이인직 연보 (李人稙, 1862~1916) 호는 국초(菊初)

1862년(1세)	경기도 이천(음죽군 거문리)에서 한산 이씨 윤기(胤耆)와 어머니 전주 이씨의 차남으로 출생.
1900년(38세)	관비 유학생으로 선발되어 일본 동경정치학교에 입학.
1903년(41세)	'미야코(都新聞) 신문' 견습생으로 입사. 미야코 신문에 첫 단편 소설〈과부의 꿈〉을 일본어로 발표. 귀국 후 한국에서 새로운 신문을 만들겠다는 〈한국신문창설취지서〉 발표. 7월 16일 동경정치학교 졸업 후 귀국.
1904년(42세)	일본 육군성 소속 한국어 통역관으로 발탁 돼 러일 전쟁 때 일본 육군성 제1군 사령부 한국어 통역관으로 근무. 친일단체 일진회에 가입 후 기관지 〈국민신보〉 창간 주도.
1906년(44세)	〈국민신보〉 창간 후 주필 취임. 국민신보에 〈백노주(白鷺洲)〉 연재. 그해 6월 〈만세보〉 창간을 주도하고 주필이 됨. 〈만세보〉에 신소설 〈혈의 누〉, 〈귀의 성〉 연재.
1907년(45세)	〈만세보〉가 재정난으로 종간 후 이완용의 후원으로 〈만세보〉를 인수, 〈대한신문〉으로 개명 후 사장에 취임.
1908년(46세)	동문사에서 '신연극'이라는 제목으로 〈은세계(銀世界)〉 초판 발간 후 원각사에서 소설 〈은세계〉를 창극으로 공연.
1910년(48세)	한일 합방 후 일본 강점으로 〈대한신문〉 폐간.
1911년(49세)	구 성균관 〈경학원(經學院)〉의 사성(司成)으로 임명.
1912년(50세)	〈매일신보〉에 〈빈선랑(貧鮮郎)의 일미인(日美人)〉 발표.
1913년(51세)	〈매일신보〉에 〈혈의 누〉의 후편인 〈모란봉〉을 연재 후 중단하고, 전라도 지방 각지로 유림들의 의병 활동을 규탄하는 강연을 함.
1914년(52세)	대정 박람회 참관 차 일본 시찰.
1916년(54세)	11월 25일 사망. 생전에 신봉하던 천리교 예식으로 화장 후 안치.